虎井嶼的星光

賴瑩蓉◎著
吳嘉鴻◎圖

名家推薦

張嘉驊（少兒文學作家）：

澎湖虎井嶼附近的海面下有一座沉落的城，這是一則流傳已久的傳說。若是有人從「虎井沉城」那裡取走一塊石頭，他的命運會變成怎樣？這部小說以這個懸念當作基點，加以鋪陳，但故事的發展有兩大重點：一是問題兒童的輔導，一是回歸故鄉。後者的設計，使作品浮現出「尋根小說」的一些氛圍。小說一開始提到一個在畢業典禮上贈予的「美麗人生獎」，頗具有啟發性。事實上，不僅是故事裡的角色，現實中的每個人也都應該追求自己的美麗人生！

游珮芸（台東大學兒童文學研究所所長）：

「問題兒童」與學業邊緣的孩子，也可能翻轉世界；只要大人們真心去了解、傾聽孩子的聲音。

這是一部充滿企圖心的作品，融入許多當代議題：網路時代的溝通模式、老師對學生的理解與引導、如何打破表面的親子關係，進而帶到台灣澎湖離島的海洋生態保育、獨居老人的需求等議題，從對親人的真心關懷到對故鄉土地、生活周遭社會的大愛與付出。祖孫三代共同的土地——虎井嶼，成為牽連所有登場人物的羈絆，也是精神象徵。將土地寫入故事，讓讀者除了故事人物的成長之外，有機會更認識台灣的不同角落。

目錄

1 老師多注意

學校的鐘聲像指揮家手中的棒子：現在是上課，輪到教室裡的活動開始；教室外的活動先暫停，等一下再繼續。

安靜的校園傳來兩個男孩子對話的聲音，不大卻很清楚。

「連上課要進教室都不知道，還要我們出來找。」

「一定又在石頭園區那邊發呆了。」

「不知道他躲在那裡幹什麼，像被魔神仔附身一樣。」

校園裡空空盪盪的，這樣的對話聽起來有點恐怖。

「真倒楣！當值日生還要負責他上課有沒有進教室。」

他們只顧著嘀咕、抱怨，差一點兒就撞到人了。

「喂！你們忘了跟我說對不起。」吳家芬對著迎面而來的男孩子嘟噥一句。

「對不起啦！」帶點無辜的表達歉意，並且補上一句：「客人好。」

兩個小朋友朝著校園角落的「春風化雨石頭園區」，喊一聲「上課了！」另一個小男生起身跟著他們往教學區的方向走去。

今天是吳家芬擔任代課老師的第一天，她以為小學是八點上課，所以有些遲到了，沒有想到一進校園就遇到這一幕。

「吳老師，妳決定來代課了，真好，我正擔心妳不來呢！」教務主任如釋重負地帶著吳家芬走往六年級的教室。

「我告訴妳喔！家長會長的兒子在那一班，妳要多注意；前幾天那一班轉來一個霸凌被輔導轉學的學生，妳要多注意……，妳要多注意。」教務主任一路上都在叮嚀吳家芬要多注意，教室到了，結論就是：要多注意。

「蛤～妳就是我們的新老師喔！」是剛剛差一點撞到她的男孩子。

在一陣喧嘩聲中，還來不及介紹新老師，小朋友就開始七嘴八舌的告狀：「老師，林威辰昨天打我，我媽媽叫妳給他換位子，要離我二公尺遠。」「他剛剛也打我，妳叫他也要讓我打一下。」……。

「林威辰就是前幾天才轉進來那個會霸凌同學的學生，妳好好處理他的問題吧！」教務主任說完話，交代隔壁班顏老師多幫忙，就離開了。

顏老師接著告狀：「拿道士鈴來搖，還念咒語，嚇得剛懷孕的導師差點流產。每天都打傷同學，自己班上的打不夠，還打到我們班上的……。」

「請他進教室。」吳家芬對著前來告狀的學生說。

「老師，他說誰理你。」才一轉身，又有學生來回報。

「我自己去找他，他在哪裡？」

學生指著不遠處一個大男生，穿著寬鬆的衣褲和一雙道士專用的黑布鞋，很多人在對他喊：「林威辰，老師在找你。」

吳家芬已經來到跟前，他仍然面不改色，嗆一句：「我是三太子。」

「我是王母娘娘啦，三太子，你回教室。」吳家芬突如其來的回

應，果然把現場鎮住了。

林威辰斜眼看著老師，一副不在乎的表情走進教室，踹了一下桌子，原本喧嘩的教室立刻一片靜寂。

老師指著離講桌最近的一個空座位：「你的位子已經換到這裡了，我會好好看住你。」

顏老師看她處理的結果是調整林威辰的座位，就貼近她的耳朵說：「坐在旁邊那個是家長會長的兒子陳宇善，他媽媽不好惹，妳自己多注意。」

吳家芬發現學生們正在相視暗笑、互使眼色，帶一種「等著看好戲」的表情。陳宇善則失神發呆，對旁邊多一個人沒有任何感覺；過了沒多久，林威辰竟然趴在桌上呼呼大睡了。

「上音樂課了，起來啦！」睡得很沉，叫也叫不醒，搖也搖不醒。

「威辰媽媽，我是老師，他上課都在睡覺……。」只好打了通電話跟家長連絡。

「老師，對不起啦！他昨晚到師公那裡工作，沒有回家睡覺，一早就直接去上學，所以……。」電話那頭傳來家長一再的道歉。

「年紀那麼小怎麼可以工作到半夜？……。」

「因為他爸爸死後…，他也不喜歡讀書，就讓他去學當師公。」

聽了解釋之後，心中那一把怒火瞬間熄滅，反而擔心他早餐吃了沒有。

午餐時間「三太子」終於醒了，是營養午餐的撲鼻香味把他「香」醒的。狼吞虎嚥先扒兩碗飯，再停下來喝口湯。

突然發現那個被叫做「石頭人」的陳宇善吃的是特製餐盒，有他最愛吃的雞肉。眼睛一亮，發現陳宇善在玩食物，兩手撕著雞肉搓搓揉揉，再塞到嘴巴裡，好像沒有食慾。

「好噁喔！」吳家芬聽到其他學生在小聲的交談，她看了也覺得有些噁心。

「分我吃。」林威辰沒有等到對方回答就伸出手從餐盒裡抓一塊雞肉吃，有人搶的食物比較好吃，一下子整個餐盒就被他們倆吃到見底了。

吳家芬邊吃飯邊注意他們兩個，沒有什麼對話，卻像是認識很久的朋友。

接下來的日子，林威辰總是邊吃學校的營養午餐，邊期待由專人送來給陳宇善的餐盒。哇！每天都有不同的主題菜色：滷牛肉、嫩雞排、義大利麵……，兩個人沒有交談，卻很有默契的分著吃。

「趕快吃啦，不然會被我吃光光。」吃著吃著陳宇善還是會分神，林威辰就提醒他吃飯。

藉著午餐的分享與對話，他們之間漸漸有了微妙的感覺，也會簡單的交談。

「你是有看到魔神仔嗎？」林威辰發現陳宇善吃飯、上課都會莫名其妙的笑。「讓我三太子來幫你收妖。」他隨手拿起書包裡的道士鈴，起乩似的搖了起來。

2 他們有祕密

「教室怎麼少一個人？」午休鐘聲已經過了好幾分鐘了，吳家芬發現林威辰旁邊的座位還是空的。

「我去石頭園區那邊找石頭人回來啦！」值日生主動往教室外走，雖然順口抱怨兩句，可是午休時間能在校園裡走動也算是一種特權。

「老師，我也要去，他是我朋友，我要去找他。」林威辰上課的時候睡飽了，現在精神奕奕。還沒有等吳家芬回答，就跟在兩個值日生後面走出教室。

「以後找陳宇善進教室的工作就由林威辰負責，值日生不用去了。」吳家芬當眾宣布。

感覺被委以重任的林威辰，從吳家芬宣布的那一刻起，就緊盯著陳宇善，連上廁所都要跟著去。這麼一來，反而比較少聽到同學告林威辰的狀，吳家芬耳根清靜不少。

「老師，陳宇善會和石頭說話。」

有一天下課時，林威辰像是發現了什麼祕密，很高興的跑回教室告訴吳家芬。

「他還叫我阿公呢！」略帶得意的說。

「帶我去看。」吳家芬急忙放下手邊的工作，起身跟著林威辰走出教室。

吳家芬也聽過類似傳言：上課常常發呆、放空，一到石頭園區就忘了回教室上課，有可能被石頭吸住靈魂。

林威辰邊走邊回過頭，用食指比著緊閉的雙唇，給吳家芬一個「噓～」的手勢。

她聽從指示：不出聲。

先是看到陳宇善在石頭園區那邊喃喃自語，接著，林威辰躲在大石頭另一面和陳宇善隔著石頭玩起「你說我答」。陳宇善說什麼聽不清楚，林威辰也是隨便答話，還唸唸有詞像在唸咒語，兩個人各說各話。

好怪異的行為喔！真的像傳說中的……。

「是不是該讓家長知道孩子怪怪的？」吳家芬特地去請示主任。

石頭園區

主任一臉無奈的說：「他剛入學就排斥上學，後來出現了一些異常行為。老師以為他卡到陰，勸他媽媽帶去宮廟處理。結果，老師被媽媽罵迷信。」

主任停頓了一下又繼續說：「換成老師去『收驚』，她一直覺得教室裡不乾淨，隨身攜帶淨符、講桌上擺放《金剛經》、黑板貼符咒。教這個學生兩年，把自己搞得神經兮兮的，你可不要像那個老師一樣。」

「當老師的竟然在教室放《金剛經》和貼符咒。」吳家芬忍不住「噗哧」笑了出來。

「正經一點，他媽媽是律師，當被告可不是好玩的，現在的家長，動不動就說要告老師。」主任壓低音量，帶著警告的口吻。

「中年級的導師也想要把他轉介到輔導室，他媽媽也說不需要，不要給他貼標籤。」

那麼，該怎麼辦？還是得讓家長知道孩子在學校的狀況。吳家芬覺得在電話裡講不清，決定通知家長到學校。

叩！叩！叩……！踩著高跟鞋的腳步聲由遠而近。

「督學來了。」學生們正襟危坐，他們私底下就稱呼陳宇善媽媽——「督學」。

「妳好，我是陳宇善的媽媽，通知我來學校有事嗎？」面帶笑容卻嚴肅的問。

吳家芬才講個大概，她就自顧自地說個不停：「老師，請妳不要放大孩子的行為，他愛怎麼玩是他的自由，又沒有妨礙別人。」

「還有，請妳把坐在他旁邊的那個同學換走。」突然又補上這麼一句。

看似不在意發生什麼事的陳宇善，竟然聲嘶力竭地哭鬧，「我不要，我要跟林威辰坐。」

在場的所有人都嚇到了，林威辰更是愣在那裡不知所措。

「好！好！好！宇善乖，你就跟林威辰坐。」原本氣燄高張的律師媽媽，放下身段溫柔的安撫兒子，也結束了家長與老師之間的「無效溝通」。

「你要和我們宇善坐在一起，座位就要保持乾淨，看看到處是垃圾。」她指著座位周圍的地上說。

「宇善媽媽，那些垃圾是宇善的，不是威辰的。」班上一位女同學看不下去也聽不下去了，脫口而出直接「打臉」。

小孩子竟然比大人有正義感，吳家芬聽了精神為之一振，冷靜的準備接招，看看這位名律師接下來要說什麼話。

「我有事先走了。」

她突然覺得自討沒趣就轉身要離開，順便提醒兒子：

「有人欺負你，你就直接去告訴校長。」

林威辰聽到叩！叩！叩……！踩著高跟鞋的腳步聲由近而遠，直到聽不見了，就對陳宇善拍胸脯保證：「你不要怕，我會保護你的。」

他認為陳宇善堅持和他坐在一起，真心把他當朋友，立即展現自己的江湖義氣。

他們成了好朋友，石頭園區是共同的小天地，玩在一起，不會去干擾同學，上課鐘響了，也會一起回教室。

「你就和陳宇善好好的玩，不要再去和別人打打鬧鬧了。」

「老師，我告訴妳一個祕密，陳宇善的阿公拿虎井沉城的石頭，救一個靈魂喔！」

「宇善，是真的嗎？」

任憑吳家芬怎麼問陳宇善都不回答。

「就跟妳說祕密了還問。」林威辰不高興，吳家芬也不想去了解，就當作他們之間的胡言亂語吧！

「老師，我告訴妳一個祕密。陳宇善是線上遊戲的高手，還會幫我代打爭排名喔！」

「喔！」

「老師，我告訴妳一個祕密……。」

每次說到祕密都是興高采烈的林威辰，這一次卻垂頭喪氣。

「沒有人要給我們兩個加入臉書好友，他們都不讓我們參加班上的社群。」

「你以前都欺負人家，人家當然不讓你加入社群。」

「我已經改了，以前是以前。」林威辰天真的耍嘴皮子。

那份暴戾之氣的確已經收斂了，林威辰想要有很多朋友，陳宇善也是，但都被拒絕了。

「這樣好了，老師把你們加入我的臉書好友，班上只有你們兩個加入，祕密喔！」

林威辰應該是把這個「祕密」告訴陳宇善了，接下來的一整節課，陳宇善都看著吳家芬笑。

3 美麗人生獎

辦公室正在召開畢業典禮籌備會……

「有一些畢業生沒有上台領獎，我們要不要增加獎項，讓每個人都有獎。」教務主任提出了臨時動議。

「畢業生的獎項已經很多了。」有老師表示反對。

「向來就是有人得獎有人沒有得獎，這樣才公平。」

「對呀！對呀！通通有獎對努力認真的同學不公平。」

「那些沒有得獎的小朋友自己也該反省。」

老師們接二連三提出反對的意見。

主持會議的校長開口了：「吳老師，我想聽聽妳的看法？」

「每個小孩都有優點，沒有看到小孩的優點是大人看事情的角度，還有設定的獎項。小朋友都上台領獎，學校沒有損失，但是，這可能是某些孩子人生中僅有的一次機會。」

說話最沒有分量的代課老師表示「贊成」，感性的訴求讓爭執不休的提案有了結果。

「那麼該給什麼獎項呢？」校長接下去問。

「這幾個小朋友有什麼優點值得我們給獎？」有老師再度抱怨。

「給什麼獎項真的要很慎重，才不會落人話柄。」資深老師提醒，在這所明星小學，學生之間互相競爭，家長們也互相比較，做任何決定前都要審慎評估。

「就『美麗人生獎』吧！當做是對畢業的一種祝福。」吳家芬有她的想法。

「嗯！『美麗人生獎』很有意思，應該也不會有爭議，就增列這個獎項，讓今年的畢業生都能上台領獎。」

與會人員鼓掌通過，校長也鬆了一口氣，宣布散會。

「吳老師，妳領教過家長會長夫人了，唯一的孩子畢業典禮她鐵定會來參加，兒子有沒有上台領獎對她來說是很重要的……。」會後，教務主任暗示吳家芬，為什麼今年的畢業典禮比較特殊。

吳家芬的心裡真正想到的是林威辰，生長在經濟弱勢的家庭，文化不利造成學習成就低落，在現實的社會裡，走入歧途、向下沉淪的機率很大。

畢業典禮能上台領獎，接受掌聲，或許能夠激勵出孩子不一樣的人生。

終於可以把得獎名單送到教務處，吳家芬在「美麗人生獎」的給獎名單填上：林威辰、陳宇善……。

4 畢業的日子

會場擺滿汽球和鮮花，有祝福滿滿也有離情依依。雖然網路社群風行，畢業之後還能線上群集，但是，今天踏出六年來一起學習、一起成長的校園，將來要見面的機會很少，所以畢業的日子對孩子們來說，還是很特別的。

現場出現一陣小小的騷動，是家長會長和夫人蒞臨。

聽說家長會長是「名人」，學校裡很少人見過他，老師們對他似乎也不熟悉。

和畢業生坐在一起觀禮的吳家芬，一眼就認出來，他是會引起媒體追逐的人物——程式設計專家陳英傑博士。

六年前他從美國被延攬回台灣成立研發中心，吳家芬為他做過人物專訪，還搭配一篇「台灣的比爾‧蓋茲」主題報導。

陳英傑的私領域從來沒有在媒體前面曝光過，加上行事低調、拒絕採訪，難怪老師們對他的了解有限。

和剛回國接受專訪那時候比較，臉型變瘦又有些蒼白，不過，眼睛依然炯炯有神，像是蘊藏著許多抱負和理想。

會長和夫人受邀坐在貴賓席，擔任頒獎嘉賓。

終於聽到主持人以宏亮的聲音宣布：「現在頒發美麗人生獎，得獎的是六年一班林威辰、陳宇善……」

林威辰幾乎是用跳的站起來，他大搖大擺的走上台，全場的目光

像聚光燈一樣跟著他移動。在校生和畢業生故意很用力的鼓掌，還有人吹口哨。這一刻，就像是畢業典禮的最高潮。

跟在林威辰後面走上台的陳宇善則是低著頭邊笑著，目光不敢正視前方，他走上台之後會場也靜默了下來。

「他是陳英傑博士的兒子！老天爺真的是在開玩笑，爸爸是超級資優，兒子卻是令人擔憂……」吳家芬一時之間難以置信。

「現在，我們邀請陳會長頒發美麗人生獎，得獎者當中的陳宇善同學，就是陳會長的公子，我們用這個獎來祝福每一位畢業生都迎向美麗的人生。」

擔任司儀的老師努力營造感動人心的氛圍，掌聲也隨著音樂的節拍響起。

「好棒！」陳會長面帶微笑，親切的摸摸每一位得獎的小朋友，對於兒子陳宇善，他特別給了擁抱。

典禮之後，校長和家長會長引領著畢業生走過象徵迎向新里程的花廊，步出校門。

「終於順利把他們帶畢業了。」卸下重擔後，教務主任吆喝大家中午聚餐，順便歡送代課老師吳家芬。

「我隨後就到。」剛放下教室內對講機的吳家芬，看到不遠處會長夫人和陳宇善朝著教室的方向走來。叩！叩！叩……！踩著高跟鞋的腳步聲由遠而近。

「吳老師，有些話我不得不說。」夫人一進教室立刻發表談話。「『美麗人生獎』就是『安慰獎』對吧！我們家不稀罕。」

吳家芬還沒有反應過來，她接著說：「成績那麼爛，得個安慰獎，會有什麼美麗人生？沒有得獎就算了……。」

「會長夫人，這個獎真的是給孩子們六年學習生涯的肯定與未來人生的祝福。」

她好像都沒有在聽吳家芬說什麼，自顧自的陳述她的看法。「還有，從妳接這個班，我就提醒妳考試要排名次，妳偏偏堅持不要。沒有排名次我怎麼知道孩子在班上是排第幾名呢？到畢業典禮才頒個安慰獎給他，簡直是……。」她一直在強調成績和名次的重要。

「我們不要只看孩子考試的成績和班級排名，孩子還有其他的優點。」當了一年老師訓練出來的應對，就是不要得罪家長。

「妳就是不專業，滿口理念，不切實際。隔壁班的老師就知道，怎麼讓學生考高分，考出來的分數還要排組距、讓家長知道孩子在班上的落點，是不是該送去補習了。」

「小學畢業的名次不會就此決定孩子的人生啦！」吳家芬的語氣已經透露出不耐煩。

突然，校園廣播響起：「六年一班吳家芬老師，請到人事室辦理離職手續。」

隔壁班老師果然是經驗豐富的老師，看多了親師衝突的場面，知道如何幫同事解圍。

校園廣播的聲音打斷了吳家芬和會長夫人的談話，也提醒吳家芬即將面臨失業的窘況。

「只不過是一個代課老師……。」會長夫人突然覺得和一位代課老師爭辯，沒有什麼意義。

「我們也要去校長室了，宇善，跟老師說再見。」話說完才發現兒子並沒有跟在身邊。

家長和畢業生進進出出的，校園裡人、車還真不少，「宇善跟著人群走失了怎麼辦？如果遇到壞人就糟了。」會長夫人突然急了起來。

只要和媽媽一起出現，必定是緊跟著媽媽，默默等待的陳宇善，突然不見了，真的是有點不尋常。離職前的尋人工作，令吳家芬感到錯愕和無奈。

如果早一步離開教室、辦好離職手續、和同事去聚餐，或許接下來的事就和她無關了。

5 尋人的廣播

校園廣播再度響起：「六年一班陳宇善同學，聽到廣播後請回教室，你的家長在教室等你。」

「發生什麼事了嗎？」校長帶著家長會長快步走進教室。

「宇善不見了，我們家的宇善突然不見了，剛剛明明還跟著我……。」媽媽心急如焚的對每一個人解釋。

「宇善會到哪裡去了？」這是每一個人心中同時出現的疑惑。

「請學校的同仁幫忙找，警衛調閱校園監視器的錄影帶。」校長交代隨後趕到的學務主任，並且指示不要再用校園廣播系統了。

「他在石頭園區那裡，我本來想要跟他玩，怕被他媽媽罵，所以不敢。」沒頭沒腦的話冒出來，林威辰的人影也跟著冒出來。

聽了林威辰的話，大家急急忙忙的往石頭園區走去。

陳宇善正靠著石頭席地而坐，喃喃自語還帶有手勢和臉部表情，那裡只有他一個人。

「宇善，你怎麼了？」媽媽發出聲響，引起陳宇善的注意。

「我在這裡休息。」突然回過神來，邊說邊站起來，很有禮貌的向大家問好，像是沒有發生過什麼事。

「你怎麼會這樣？」爸爸有些驚訝。

「他常常都這樣。」林威辰再一次脫口而出。

「沒事了，他說他在休息。沒事了，我們回家吧！」媽媽臉上堆著笑，希望事情趕快落幕。

「校長，您請大家不要找了，說已經找到了。」爸爸果然是思緒縝密。

「到底怎麼回事？」校長盯著吳家芬。

「我要去辦離職了。」吳家芬愛理不理的說。

「總是要把話講清楚呀！」校長有些不高興。

「他常常在跟這塊石頭說話，還叫石頭『阿公』。」林威辰傻乎乎的說。

「是真的嗎？」校長鐵青著一張臉問吳家芬。

「該說的話我都和會長夫人說過了。」吳家芬轉頭想要離去。

一時之間大家不知道該如何把話接下去，會長夫人更顯得尷尬。

「因為……因為我怕孩子受到傷害，所以希望老師不要亂說話……。」

大人你一句、我一句，忽略了還有兩個小孩子在場。一個在發呆、一個動不停，他們有沒有在聽大人講話？聽不聽得懂？……？沒有人在乎。

「我想和老師談談有關於孩子的事。」會長若有所思的說。

「我們就到校長室談吧！」校長直接替吳家芬回答。

「妳帶孩子去吃飯，不要等我。」直接乾脆地請妻子帶孩子離開，他只想單獨和老師談。

媽媽牽著陳宇善的手呵護著，轉身要離開。

「也招待一下威辰吃午餐好嗎？他還沒有吃午餐。」突然想到林威辰應該還餓著肚子，吳家芬對他使個眼色，讓他知道老師沒有忘掉他。

「你是那個和宇善一起領『美麗人生獎』的同學吧！和宇善一起去吃午餐好不好？」會長牽著林威辰的手親切的說，陳宇善也露出喜悅的表情。

對林威辰來說，今天是幸運的日子，上台領獎、幫大家找到陳宇善、解決午餐的問題。還有更令他感動的是，宇善爸爸牽著他的手和他說話，被「爸爸」牽著手說話的感覺很奇妙。

目送他們離去，吳家芬就往校長室的方向走。記得第一次進校長室是「到職報到」，時間過得好快，二個學期過去了。

校長室裡面只有校長、家長會長和吳家芬老師三個人。

「宇善在學校是有什麼問題嗎？」當父親的急著想知道。

「他在家沒有什麼問題嗎？」老師也想知道。

「家裡就他一個小孩，靜靜的，看不出有什麼問題。」

「我只能說，他是一個很特別的孩子。」吳家芬謹慎回答，至於被同學叫「石頭人」這件事，她說不出口。

「怎麼說呢？」

「有時候跟看不見的伴說話、玩耍，玩到笑出聲音。有時候像魂飛了一樣發呆，叫他都沒有回應。有時候他比手畫腳、自言自語，同學都在看還渾然不知。大家的目光集中在他身上，教室鴉雀無聲，他才被鴉雀無聲『喚醒』的。問他在想什麼卻一個字也不透露。」

吳家芬邊說邊加上肢體動作和豐富的表情。

「我們是不是在哪裡見過？」會長看著她，有一種似曾相識的感覺。

「我以前在媒體工作，六年前寫過你的專訪。」說出自己曾經是

記者，失業之後當起臨時代課，角色的轉變令她覺得落寞。「我想起來了，妳寫的採訪報導就是搭配『台灣的比爾‧蓋茲專題』，妳的採訪和報導都令人印象深刻。」會長以一種欣賞的眼神看著她。

「吳老師，方便把我加入妳的臉書好友嗎？晚上有比較充裕的時間，我向妳請教一下宇善的問題。」會長提出了網路交友、聯絡、聊天的方式。

在電腦的世界裡比較自在，對許多人來說。吳家芬也喜歡網路這樣的聊天方式，她比較有時間思考，形式上也比較不拘束。

「好啊！現在就加。」兩個人拿出手機嘀嘀咕咕，再滑幾下，他們就成了網路上的好友。

看著代課老師和家長會長的互動方式，坐在一旁插不上話的校長，覺得時代真的不一樣了。不過，親師之間的談話能以這種方式平和收場，也算是萬幸。

6 臉書上對話

辦好離職手續，卸下代課老師的身分，接下來，又要開始上網找工作了。打開電腦之後的第一個習慣動作就是看臉書動態。

也要更新自己的狀況：

【再度無業，各位大大請幫忙。】

（第一個按下讚的是虎井陳）

有點懊惱，都無業了還被按「讚」。

一邊發文一邊看訊息，聊天室已經有虎井陳傳來的問候貼圖了，回他一個「讚」貼圖。

虎井陳：妳好，我是宇善爸爸。

加幾分：了解。看到虎井，讓我想到一件有關宇善的事。

虎井陳：虎井嶼是我的故鄉，妳想到什麼事？

加幾分：平時上課似乎都在發呆、沒有反應的宇善。有一次像是著了魔似的急著表達，一直舉手說「老師我、老師我」，沒有讓他發言，他高舉的手就是不放下。

虎井陳：不解？請再詳述。

加幾分：我在上「虎井沉城」那一課的課文，宇善突然打斷我上課，一直說他知道。

虎井陳：宇善三歲左右就被帶到那裡生活，要上小學才接回高雄，所以他對那裡應該很熟悉。

加幾分：他不管我正在上課，只顧自己發言。

虎井陳：他說什麼？

加幾分：說虎井嶼只有一頭牛，輪流到每戶人家的田裡耕田，那頭牛還會聽他說話。

吳家芬在輸入這一段話時，腦中浮現當時他話還沒有講完，全班就笑成一團的情景。

虎井陳：是的，那頭牛很老了。

加幾分：他還說虎井沉城關著許多靈魂，要拿出沉城的石塊靈魂才出得來。

大家在討論虎井沉城究竟是沉入海底的城堡、史前文明的遺跡，還是斷裂的岩脈，陳宇善竟然冒出這麼一句，平日已經嫌他「怪咖」的同學，不讓他有解說的機會，頂他一句「瘋子」。

虎井陳：沒有聽過這說法。

加幾分：他說曾和阿公開船出海拿虎井沉城裡的石頭，救一個人的靈魂。

當時，陳宇善堅持要把話講完，並且雙手握拳一副不惜與同學打架來證明自己所言不假的態勢。同學們也拍桌起鬨，整個班幾乎失控了。幸好在睡覺的三太子被吵醒，緩緩的抬起頭來、緩緩的睜開眼睛，然後瞪大雙眼掃射全班，頓時沒有人敢出聲。

虎井陳：我的父親是「海洋守護者」，不會拿海裡的石頭。

加幾分：他還大哭著說阿公的靈魂也被關在深海的沉城裡。

擔心同學再找機會用這一件事激怒、取笑他，趕緊幫他解圍。幸好下課鐘聲即時響起，沒有人再理會這件事了。

虎井陳：怎麼會這樣？

加幾分：我上網查資料也沒有查到這個傳說。

虎井嶼
值日生

當時吳家芬立刻上網查，告訴陳宇善沒有查到，他還是堅持說有，只好安撫他……。

虎井陳：石頭？又是石頭？跟石頭說話，說石頭有靈魂……。

加幾分：問都問不出一個所以然來。

虎井陳：固執對吧？

加幾分：威辰好像知道，他們之間有很多祕密。

虎井陳：是朋友嗎？

加幾分：勉強算是他唯一的朋友。

虎井陳：中午一起用餐那個嗎？

加幾分：是的，他是一個家庭很困難但是重情重義的孩子。

虎井陳：了解。妳這種老師在我們社會上已經很少了。

（能看到孩子身上重情重義的特質，是一位不一樣的老師。）

加幾分：重情重義的人在我們社會上也已經很少了。

按一張「掰掰囉！」的貼圖，（登出）。

虎井陳的臉書「關於他」那一部分是空白的，最新動態也沒有任何跡象顯示他是誰，朋友群也對外封鎖，他是網路世界裡的「隱形人」。

7 學習當父親

工作讓他覺得有點累了，知道孩子的狀況之後內心比身體更疲憊。複雜的程式設計、網路規畫都難不倒的資訊博士，當下，他人生最重要的課題是探索兒子內心的程式語言、找出溝通的網路密碼。

「該回家了。」

其實人就在家中的書房裡，把帶回家的工作完成，走出書房，才算「回到家裡」。

「宇善呢？」看到坐在客廳電腦前玩線上遊戲的兒子，突然覺得陌生，感覺自己很久沒有「回到家裡」，兒子竟然已經要升國中了。

「宇善，爸爸幫你衝排名。」

兒子靦腆的笑了，沒有答話，手指繼續在鍵盤上輕巧而快速的移動。

「你的積分高，排名也超前，哇，攻擊力很猛喔！」站在兒子身後，看他自信、精準的和國際對手線上較勁，網路智商很高。

「這些你都怎麼學會的？」生活在一起，兒子怎麼學會？何時開始玩？自己一無所知。

與兒子的往事像投影片，一幕一幕的，沒有銜接、沒有劇情、沒有對話。

兒子小時候日夜都是待在奶媽家，三歲時被帶回到虎井阿公家生活了三年多，要上小學才接回高雄一起生活。他們夫妻忙碌於事業、學業；學業、事業。

接下來的日子，他以為他們的生活是穩定而規律的。多年過去了，面對的卻是這麼陌生的兒子……。

兒子在線上與網友激戰的聲光把他喚回現實，或許家的完美幸福也屬於自己虛擬的範圍。

「打完這一局，爸爸帶你去吃好吃的澎湖料理。」用故鄉的美味來感受幸福的滋味。

「澎湖料理？在高雄吃得到澎湖料理？」陳宇善聽到澎湖料理，顯得興奮，草草結束戰局。

「是虎井嶼的朋友開的澎湖料理餐廳。」

「我去吃吃看就知道是不是正港的澎湖味。」

一副老澎湖的模樣，還真有意思，現實生活中的交談，有互動的溫度還有莫名的感動。

華燈初上，他的陽春車在路上並不起眼，只是代步用。和妻子的進口名車相比，遜色多了。

「記得繫上安全帶喔！」兒子坐在他身邊的位子，印象中沒有幾次。「你安全、我安心。」突然冒出來的順口溜，自己也覺得好笑。

車子駛進一處廟口夜市的停車場，大廟埕攤販林立，人聲鼎沸。

「林威辰說他的媽媽也在這個夜市賣香腸、擺珠ㄚ檯，有時候他會在這裡幫忙。」陳宇善一下車就邊說話，邊朝著廟埕的方向張望。

8 夜市的朋友

他們走進「阿清師澎湖料理特色餐廳」，找了位子坐下。

「哇！長這麼大了，已經有六年多不見了喔！差一點認不出來。」陳宇善看到一張熟悉的面孔，他的眼睛盯著這個阿公說要叫「阿清伯」的人看。

「你看過我兒子？」宇善爸爸覺得很意外。

「是呀！我們還一起出海，是你爸爸開的船。」老闆邊擺餐具邊說。

阿清師
澎湖料理

「那是我們一起搭船去搬回來的石頭。」指著擺在櫃檯上的一塊石頭。

陳宇善的頭轉向那塊石頭，眼睛盯著看，他急著想找林威辰過來一起看。

又是石頭，而且是開船出海拿的，難道宇善在上課時說的是真的？令人感到納悶。

「上菜囉！」盯著石頭看的他，被阿清伯的大嗓門一喊才回過神。

「石鮔排骨、白醋小管、絲瓜炒大蛤、金瓜米粉、海膽煎蛋、紫菜魚丸湯，外加一條龍尖魚清蒸。」陳宇善一道又一道的喊出菜的名稱。

「以前住在虎井嶼，拜祖先的時候阿嬤都會煮這些菜。」記憶裡一再反芻的懷念滋味。

「現在已經沒有幾個人會做這麼道地的澎湖料理了，更特別的是，你們吃的所有海鮮都是早上才從澎湖搭飛機（空運）來的。」阿清對於自己的手路菜和所用的新鮮食材很自豪，經常把這些話掛在嘴邊。

「阿善仔，你告訴阿伯，你還想要吃什麼？」阿清伯學阿公叫他「阿善仔」，讓陳宇善想起阿公，穿著潛水衣開船出海、潛入海中淨海、救難的阿公。

「我要吃珠螺漬、番薯簽飯，還要喝風茹茶。」陳宇善的回答令兩個大人都很訝異。

「你果然是內行人，點出比這些菜更道地的故鄉味，你想要吃的阿清伯這裡通通有，老闆招待。」

阿清盛出兩碗番薯簽飯，再拿出裝珠螺漬的酒瓶，用筷子伸進去摳出一小碟，擺在陳宇善的前面。

「我阿清這一條命算是你阿公撿回來的，當時你也有一起出海，也算是有功勞啦！」阿清話匣子一開就關不起來了。

「阿善仔這個名字是你阿公取的，取得真好，宇宙最重要的就是『善』啦！要心存善念。」

他再從冰箱拿出一瓶黑茶汁炫耀的說，「這不是普通的青草茶，是更厲害的風茹茶，我們虎井嶼到處都看得到風茹草，只有在地人知道草是寶，不懂的人把寶當作是雜草。」

清清喉嚨繼續說，「這瓶是最高尚的飲料，討海、種田、運動，曬日頭回來，飲一杯冰涼的風茹茶，哇！心涼脾透開。」顧不得店裡其他客人投來的眼光，阿清伯好像在幫風茹茶做廣告。

「老闆，也給我們來一瓶那個茶。」隔壁幾桌的客人聽到了，紛紛點了風茹茶，阿清伯的廣告詞果然有說服力，客人們搶著嘗嘗他口中最高尚的飲料。

「對啦！對啦！天然ㄟ尚好。」阿清邊說，邊將冰鎮的風茹茶送到客人桌上。

「今天我兒子宇善小學畢業，還獲得美麗人生獎。」爸爸很開心，學著阿清伯自賣自誇的方式，拿起杯子用風茹茶和不認識的客人們乾杯，店裡的氣氛「很嗨」。

陳宇善看得目瞪口呆：向來不苟言笑的爸爸今天怎麼啦？

「我還有一個好朋友也得到美麗人生獎喔！」陳宇善告訴阿清伯。

「看看你麻吉有沒有在夜市，找他一起過來慶祝。」爸爸好像看

穿陳宇善的心事。

「我馬上去找他，剛剛我有看到他。」陳宇善起身向廟埕的人群中走去。

9 虎井的孩子

「阿清伯，你好；宇善爸爸，你好。」跟著陳宇善一起走進來的林威辰，長相稚氣、講話卻很有江湖浪子的味道。

「你是宇善的守護天使喔，他想你的時候你隨時都會出現。」宇善爸爸幫林威辰倒一杯風茹茶。

「我是蜘蛛人啦，拯救宇宙的蜘蛛人。」林威辰手指彈著彈著，像要彈出蜘蛛絲的模樣，店裡的人看了都哈哈大笑。

「天然ㄟ尚好，我教你比。」林威辰的出現讓陳宇善更開心，兩

個人又是說悄悄話、又是用手抓菜，忙得不亦樂乎。

「你阿公把靈魂救上來的石頭找到了喔！」林威辰邊吃邊問。

陳宇善神祕的點點頭，指著擺放在櫃台上的那塊石頭。

「有靈魂的石頭阿公，你好。」林威辰好像餓很久了，塞了滿嘴的食物，說話不清不楚的，拿著筷子當香拜了拜。

「阿清，你有沒有覺得他們就像是小時候的我們。」

「嗯，像我們在虎井嶼的時候，時間過得真快，虎井國小畢業都三十年了。」

他們同一年在虎井嶼出生，後來一起到馬公讀國中，高中之後失去聯絡。前一陣子美食報導介紹「澎湖料理達人阿清師」，陳英傑才想起失聯已久的好友，循著報導來到這個夜市。

和老友久別重逢的剎那，時光彷彿回到分開時的年代，那時候，他們才讀高一，無所不談。

「省話一哥、重形象。」是學界和業界對陳英傑的觀感。和阿清在一起話就變多了，而且不在乎別人的眼光，一聊起來就停不下。

認識社會上許多有財富、有名望的人，現在最想要促膝聊天、自在相處的是在夜市裡賣油湯的童年玩伴，這種感覺深刻而奇妙。

阿清從小不喜歡讀書，常常跟在他後面當「班長助理」；兩個人到馬公讀國中時，就合租一個房間住在一起。

讀國中是血氣方剛的年紀，吵架被欺負的時候，阿清總是為他擋拳頭。有一次他打傷同學，阿清幫他頂罪、代他記過，他國中畢業才能順利領到縣長獎。

「要記住阿清對你的照顧，親兄弟都不一定會這樣重情義。」這是父親曾經對他說過的話。

國中畢業之後，他讀馬高，阿清上澎水。

那一年，阿清的父親出海捕魚，遇到海象惡劣，船翻沉，人落海喪生。家裡沒有錢供阿清讀書，他只好搭船到高雄投靠親戚。

賣魚貨學辦桌，日子過得很辛苦，為的只是填飽肚子。後來當兵、工作，生活穩定後就把虎井嶼的家人都接到高雄定居，當高雄人了。

海的故鄉對阿清來說是又甜又苦的記憶，好長的一段時間，他不想去碰觸也不願意回去；但是，煮出來的料理就是有澎湖傳統的風味。

陳英傑的命運就和他不一樣了，馬公高中之後，一路讀書，再拿獎學金出國深造，努力追尋人生下一個更卓越的目標。

「英傑啊，我雖然澎水沒有讀畢業，但是社會走透透也看透透，算是沒有文憑的『社會博士』；你讀書讀到當阿爸還在讀，是有文憑的『電腦博士』。博士和博士只差一個字，但是差很多。不過，我可以不會電腦，你不可以不懂社會人情義理。我們是生活在社會上，不是生活在電腦裡喔！」阿清不只一次這樣對陳英傑說。

陳英傑突然想起阿清說過的話，也覺得兒子和林威辰這兩個孩子就像他和阿清。

「威辰，你和阿善仔是同學，真讚！真讚！你爸爸和阿善仔的爸爸也是小學同學，真是有緣喔！」在店裡忙進忙出的阿清，終於可以喘口氣坐下來和他們聊聊天了。

「威辰的爸爸和我是同學？他是誰的小孩？」陳英傑急著想知道。

「你記得林明德嗎？他就是林明德的獨子啦！」阿清淡淡地說。

「記得、記得，林明德很會潛水，小學畢業那一天，海底尋寶比賽他是第一名。」那是陳英傑在虎井嶼唯一「輸」的一次，所以他一直記得。

「現在看來，威辰跟他爸爸小時候長得還真像。」眼前這個男孩子，突然讓他有種熟悉的感覺。

「林明德小學一畢業，就全家搬到高雄定居了，之後呢？」想要多知道一點老同學的消息，那個年代很多同學離開澎湖之後就失去音訊，甚至一輩子都不會再見面了。

「他父親那一代投資失敗，到他這一輩家產幾乎敗光了，變得很失志。後來在廟口擺香腸攤討生活，常常喝悶酒，喝醉酒就對老婆、小孩大聲辱罵，酒醒了又哭哭啼啼。唉～去年肝硬化走了，留下一些債務，是我託人幫他的妻兒辦理拋棄繼承。」阿清壓低音量說，越說越難過。

「如果我們早個幾年聯絡上，或許明德的人生會有所改變，因為你是『萬能的』。」

陳英傑看著林威辰這個虎井的孩子，有點難過、有些不捨。

「是啦！是我們虎井嶼的孩子，只是他從來沒有回去過虎井嶼。」阿清說完，又繼續招呼上門的客人了。

10 石頭的祕密

「那一塊石頭上面有靈魂。」林威辰指著石頭說。

「阿公真的潛水拿一塊石頭給阿清伯，聽說，這樣阿清伯爸爸的靈魂就能附在石頭上，跟阿清伯回家。阿公說是祕密，拿虎井沉城的石頭是祕密，不能說。」很小聲的，怕被聽到。

「阿公死了，靈魂可能也被關在虎井沉城裡，我們要不要去拿一塊石頭把阿公的靈魂救出來。」

六年前，陳宇善回高雄沒有多久，阿公就因為潛水夫病，到高雄的大醫院治療，住院幾天就往生了。陳宇善很思念阿公，也很擔心阿公的靈魂沒有回家，只是他都沒有說出來。

「我爸爸也是虎井人，他的靈魂可能也關在虎井沉城裡，我也要去拿一塊石頭救我爸爸的靈魂。」林威辰喃喃自語的說。

陳英傑聽得一頭霧水，不知道孩子們在說些什麼？

「海裡的石頭是不能拿的。」陳英傑再三強調。

而且，那一塊石頭不是虎井沉城的石頭，陳英傑很確定。以前跟著父親在虎井海域潛水，看過沉城的石頭，是玄武岩不是眼前的花崗岩。

可是，父親怎麼會拿這一塊石頭給阿清，還說是虎井沉城的石頭呢？

「我很幸運，有貴人相助。」阿清聽到他們在聊石頭，趁著空檔走過來，說起了那塊石頭的因緣。

「當時，我全身病痛，查不出生什麼病；事業不順利，一投資就賠錢，只好四處求神問卜。後來，一位著名的風水師斷言是我父親的靈魂在向我求救。

「他的靈魂被關在虎井沉城，子孫再怎麼祭拜，都得不到。我必須回虎井嶼拿一塊沉城的石頭，讓父親的靈魂附在石頭上離開沉城，我們把石頭帶回家供奉就是在供奉父親。」

「可是，我們虎井嶼沒有流傳沉城

關靈魂的說法。」

陳英傑喝著風茹茶、看著兩個在玩平板的男孩子，語重心長的說，「鄉老們一再交代，虎井沉城到現在還是一個謎，最好不要去搬動那裡的石頭。附近沉船裡的古物、古錢，也不能據為己有，以免招致厄運。你都忘了嗎？還讓我父親去做那種事。」陳英傑有些不悅。

「搬海底的石頭是不對的，阿公有告訴過我，可是阿公自己還去搬。」陳宇善邊玩平板，邊埋怨阿公說話不算話。

「你們說的我都知道，我也是為了求活命才回虎井嶼。當時，看到我的鄉親都說我氣色差，失神、失神的。可是，說到要拿沉城的石頭，花再多錢也沒有人願意幫我。」

「怎麼不和我聯絡？」

「許財福也說，如果有你在就好了，你是『萬能的』，一定能想出其他的辦法。可是，你父親說你人在美國，一時無法聯絡到。」

「阿清伯一直哭著拜託，阿公和阿嬤晚上一直在商量，吵得我睡不著。我聽到阿公說不能見死不救，阿嬤叫他去請示神明。」陳宇善記得，當時的狀況，敘述得有條有理。

「那時候我已經死心了，決定要離開虎井嶼，還去大音宮向觀世音告別。沒有想到隔天清晨天剛亮，許福財就叫我準備要出海，趁著沒有人看到。我們迅速抵達碼頭，你父親已經穿戴好潛水裝備、氧氣瓶也灌飽了。」

「因為我睡不著，阿公就帶我一起出海。」和林威辰在玩平板的陳宇善邊說邊點頭，表示認同阿清的說法。

「說是菩薩答應了，但是要守住祕密。如果不是因為宇善到店裡，這個祕密我是不會說出來的。」

「那麼你的身體有比較好嗎？」陳英傑猛然想起自己忽略了對好友的關懷，略帶愧疚。

「說起來真靈驗，病痛漸漸痊癒，事業越來越順利，我覺得是我父親的靈魂有跟我回來。」

陳英傑突然想起他剛上小學時，依照傳統必須去廟裡學「小法」。當時，他問父親：「是不是真的有神、鬼？」

父親回答他，「就是一種心靈的力量，討海人需要有這樣的信仰與寄託，才能夠安心的過生活，有沒有誰都不能說。海島人的生活態度就是敬天、畏鬼，與大自然共生共榮。」

或許，當時阿清真的很需要超現實的意念，來轉化成改變運勢的力量。

11 孩子的腳步

那一塊石頭一直壓在陳宇善的心裡，還有虎井嶼的人、事、物，也一直在他的生活裡存在著，不只是回憶而已。

夜深了，四周一片靜寂，可是陳英傑的心卻靜不下來。從書房的窗看出去，便利商店的招牌亮得讓人看不清天上有沒有星星。

都市裡沒有人在乎星星的光，可是，虎井嶼的深夜，就靠著星星的光，照著整座島嶼、整片海洋，還有每一個島民的夢境。

聽到開門聲，妻子一臉倦容的走進來，先到孩子的房間巡看過，確定孩子安穩的睡著了。

「我要到美國參加一個國際性研討會，宇善這個暑假要上安親班還是請伴讀？」一邊打開電腦收信和回信，一邊向他詢問怎麼安排孩子。

「妳安心到美國參加會議，我要帶孩子回虎井嶼生活一陣子。」他的回答讓妻子感到意外。

「你怎麼有時間回虎井嶼？宇宙公益基金會贊助的計畫還沒有擬定，難道你要放棄？多少人想爭取到基金會的贊助，在這個節骨眼上，你竟然要回去那個做不了什麼大事的落後島嶼？」妻子希望他能夠爭取到這一個計畫的主導權，也相信他做得到。

「還有，宇善成績那麼差，如果不利用這個暑假上密集課程，讀國中成績怎麼跟得上。」

妻子的焦慮打破夜的靜寂，卻動搖不了他的決心，為了孩子，他一定要走出這樣的下一步。

「妳只擔心孩子的成績跟不上，難道看不出孩子還有其他跟不上的嗎？」

「還有什麼跟不上？你乾脆跟我說他怪怪的，和老師們說的一樣。」或許是累了，情緒上顯得有些激動。「卡到陰、注意力不集中、亞斯伯格、自閉、彼得潘症候群……這些兒童身心方面的資訊我都有，可是，每個老師說的都不一樣。只憑一些觀察和建議，就能認定孩子有問題，然後開始投藥嗎？」

他一直試著安撫妻子的情緒：「我也很懊惱，為什麼我的孩子和我所期望的差距那麼大。」

「和一群同年齡的孩子在一起，他的侷促不安和格格不入，我也發現了。」她在低泣，在拭淚。

「妳不要難過，我相信一定來得及。」他知道，那種檢測不夠客觀的量表，只憑主觀認定和觀察指數作標準而讓孩子服藥、換藥、服藥，是有副作用的，所以他沒有提到看醫生。

「雖然在別人面前，我很堅強、很有主見，但是，內心卻是脆弱與掙扎，一直在思考到底是在哪一個環節出了差錯。說實話，今天兒子上台領那個獎，是我人生最大的挫敗。」對她而言，認輸已經很困難了，更何況承認失敗。

「或許是我們把他從虎井嶼帶回高雄的那一刻起，就擾亂了他的生活步調而不自覺。」

阿公、阿嬤把宇善當生活中的一切，讓他慢慢來、慢慢跟；他們的生活重心是自己，不停催促宇善跟上他們的腳步。

「現在誰能告訴我，應該怎麼辦？」她起身，走到鬆軟的沙發前，整個人跌坐下去。

「孩子在抗拒現實生活，一直在回溯虎井嶼的日子。」

妻子聽懂他話中的含義，也知道為了孩子的事他一定會請教專家並且找遍網路上的資訊，他處理事情的態度就是追根究柢、絕不妥協。

「我是一個失敗的母親，從這個角色中，沒有得到任何成就感。」說出了心裡的話，需要很大的勇氣。

他望著夜空，看到星星了，光卻是微弱的。

「不要一直催著孩子跟上，要讓孩子了解，讓孩子有準備。在家裡，他有電腦的虛擬世界可以神遊：在學校，他經常躲到石頭後面才能自在。直到有了林威辰這個朋友，他的生活才變得不一樣。」

「那一個『三太子』嗎？我一直擔心他帶壞我們宇善。」說到林威辰她用的是一種輕蔑的口吻。

「威辰在言行方面比較不符合社會的期待，很多人怕他，也閃著他，其實，他是一個重情重義的孩子。」他不希望虎井嶼的孩子被瞧不起。

「我覺得我越來越不了解宇善了……，我要放棄去美國，留下來陪他。」她的擔憂不是沒有原因的，孩子的聲音在變，已經進入青春期，將來會呈現更多元的身心問題。

「孩子無法融入生活的真實感受，應該是從離開虎井嶼那一刻開始的。妳按照原訂的計畫去美國，我帶孩子回虎井嶼，這個暑假之後，會有許多的不一樣。」

那是他們父子的故鄉，回去虎井嶼是為孩子、也是為自己……。

虎井陳發一則最新動態：

【電影裡有一句對白：人生也許就是不斷地放下，然而令人痛心的是，我都沒能好好地與它們道別。讓孩子好好的與童年告別吧！其實，我又何曾放下。】

（加幾分第一個按讚。）

12 我們回虎井

一早，陳宇善走出房間就看到爸爸在客廳使用他的電腦，「想不想回虎井嶼的阿嬤家過暑假？」爸爸邊按鍵盤邊問，「媽媽要去美國開會，爸爸帶你回虎井嶼過暑假、和阿嬤住一陣子。」

「真的要回虎井嶼住嗎？」陳宇善很雀躍，「六年前你帶我回高雄，我就再也沒有回過虎井嶼了。」

「你有六年沒有回虎井嶼了，我竟然都沒有發覺。」

這幾年陳英傑曾經回過虎井嶼幾次，都是匆匆忙忙的。時間對他來說很寶貴，有很多事情等著他處理，到世界各地出差、開會，一趟接著一趟。一晃眼，兒子十二歲了，有六年沒有回虎井嶼。

今年夏天，他打算回虎井嶼住久一點，不是過客，是歸鄉的人。

「爸爸，你不是說威辰也是虎井嶼的孩子，我們帶他一起回虎井嶼好嗎？不然我回虎井嶼沒有朋友怎麼辦？」陳宇善擔心虎井嶼的朋友會忘了他，或是像高雄的同學一樣不喜歡他。

陳英傑心想，威辰和宇善有緣，也讓我遇到他，或許是冥冥之中的安排。帶這個孩子回去故鄉，在天上的明德知道了會很高興。

「晚上我就到夜市去和威辰的媽媽商量，能不能讓威辰一起回虎井嶼。」父子的心越來越貼近了。

陳英傑將車子停妥，先從阿清那裡大略了解林威辰家的狀況，再走到廟埕的烤香腸攤前面。

「妳好，我是威辰的同學陳宇善的爸爸。」陳英傑對著正在招呼客人的婦人自我介紹。

「喔！你好、你好，我是威辰媽媽啦，有聽威辰說過你請他去阿清那裡吃好料的，謝謝啦！」她頭抬了一下，又低下頭專心烤香腸，「等一下我請你吃香腸，稍等一下。」

她是林明德的妻子？黝黑的膚色、略胖的身材，看起來顯得滄桑憔悴，和印象中的林家女眷有很大的懸殊。記憶中林明德家境很好，是虎井嶼的富有人家。

「我叫陳英傑，也是林明德虎井國小的同學。」進一步自我介紹。

「你是『萬能的』嗎？明德生前有提起過你。」她原本平靜的神情，突然有了微微的變化。

「我要帶宇善回虎井嶼過暑假，想帶威辰一起回故鄉看看，孩子們是好朋友，一路上可以互相作伴。」陳英傑趕緊說明來意。

「明德生前經常唸著要帶我們回去虎井嶼，看看故鄉、看看祖厝，每次講起小時候在虎井嶼的事，他的眼睛都會發亮。」嘆口氣接著說，「回故鄉的願望一直都沒有實現，現在，他人往生了，親人也沒有聯絡了，回虎井嶼的事我就沒有再想過。」威辰的媽媽帶著感傷、繼續招呼客人。

「我們真的很希望威辰能夠一起回虎井嶼，費用的問題妳不用擔心，只要同意就行了。」他盡量不傷到對方自尊心，也表明會負擔費用。

「謝謝啦！你人這麼好，我們威辰就拜託你了。」邊烤香腸、邊點頭稱謝，嘴角微微揚起，覺得開心。

這個廟埕，是林明德度過失意人生的地方，陳英傑彷彿看到老友在舉杯邀他乾一杯。

「威辰啊！你過來，阿伯說要帶你回虎井嶼，跟阿伯說謝謝。」在廟前彈珠台顧攤位的林威辰被叫過來，告知這個好消息，母子倆一再道謝。

「我們威辰要搭飛機去澎湖，要回虎井嶼看林家的祖厝喔！」威辰媽媽像是夜市廣播站，逢人就說。沒有多久，整個夜市都傳遍林威辰要回澎湖的消息。她從來沒有搭過飛機，兒子小學畢業就有機會搭飛機，她替兒子感到高興。

阿清和夜市的長輩知道後，馬上包了紅包塞給林威辰，祝他一路順風，返鄉順利。

她幫兒子在夜市買新衣服，還讓他帶一大包香腸當伴手禮，她要讓林明德的兒子風光的回到虎井嶼。

虎井陳發一則短短的心情日記在動態上：

【帶兩個孩子回故鄉的行程已定，如果說，童年的回憶會跟著人一輩子，那麼，希望他們這一次回鄉的記憶，也能跟著一輩子。】

（加幾分按讚，順便留言：我也要去～啾咪！）

早上七點半的飛機，從小港機場起飛，八點左右飛機就降落在馬公機場。

從馬公機場招一部計程車到觀光碼頭，再改搭南海的交通輪，船航行了三十分鐘，虎井嶼就近在眼前了，還不到上午九點。

近鄉情怯就是這種心情吧？

小學畢業的時候，就是虎井嶼的孩子離開故鄉的時候。剪斷和故鄉的臍帶，學著過離鄉背井的生活。在馬公讀完國中、高中，然後到台灣本島讀大學或找工作，不會再回到虎井嶼過生活了。所以，每次返鄉都帶著悸動的心情。

「我們今天空、陸、海三項交通工具都搭過了。」林威辰很興奮的說。

兩個小男孩從一見面就開始吱吱喳喳說個不停，沿途的景物對他們來說是那麼新鮮、那麼值得談論。

突然，陳宇善開心的說：「阿嬤，我阿嬤在那裡。」船還在海上行駛，阿嬤已經在岸上對著船招手，他趕快指給林威辰看。

「你阿嬤整個頭都包起來了，你還認得出來喔！」林威辰也跟著

跑到甲板上用力的朝岸上的阿嬤揮手。

「我看就知道那是我阿嬤了，她把臉蒙起來，日頭再大都不怕曬。」陳宇善看到阿嬤就高興。

「英傑，帶兒子回來看阿嬤呀！」船一靠岸，負責綁纜繩的老阿公就邊綁繩子邊和下船的人打招呼、寒暄，每一個人他都認識，都能聊上一兩句。

「喂～，跟里長通報一下，英傑回來了。」老阿公用又高又長的音對著在涼亭上聊天的鄉親們喊，然後回過

頭繼續工作。

「阿善仔，長這麼大了，阿伯公都認不出來了。」

陳宇善記得那個阿伯公，他的孫子陳國基以前和他是同一國的，因為他們都姓陳。

「這個小帥哥是你朋友喔！」阿伯公發現林威辰這個陌生的男孩了。

林威辰聽到人家叫他小帥哥，忽然挺直身子，走路的樣子變得很「正」。

「是明德的兒子啦，和阿善仔剛好是同學，我順便帶他回故鄉走走。」陳英傑簡單的介紹一下。

「明德的兒子喔！那也要叫我阿伯公囉。」很親切地笑著說。

「阿伯公，你好。」林威辰很有禮貌的向長輩問好，像個小紳士。

「阿善仔，我們國基今天畢業典禮，你們去學校找他和念祖玩，中午一起去廟埕吃辦桌。」阿伯公熱情的招呼著。

陳宇善聽了很高興的說：「好。」心裡想著：哼！學校的老師和同學都笑我沒有朋友，其實同一國的陳國基還有愛哭鬼李念祖都是我的朋友。

「爸爸，我有朋友在虎井嶼，你有沒有？」陳宇善略帶得意的說。

「當然有，阿伯公的兒子就是我的好朋友，還有虎井國小的許福財老師也是，等一下我帶你們去虎井國小找他玩。」提起好朋友，陳英傑的嘴角漾著笑意。

「這個是阿善仔的同學嗎？」阿嬤摸摸林威辰的頭，慈祥的對著他笑。

「是啦，他是明德的兒子，我帶他回來虎井嶼。」陳英傑對母親使個眼色，暗示她不要在孩子面前說太多。

阿嬤看著阿善仔，滿意得一路上都在跟遇到的人炫耀：「我們家的阿善仔，放暑假回來啦！在高雄讀書，功課真好呢……。」

阿嬤的家就在大音宮的廟埕旁，他們先到廟裡拜拜、敬告神明之後才回家。

13 坐上司令台

阿嬤家離虎井國小很近，在阿嬤家就可以聽到學校正在進行畢業典禮。

「走，我帶你去虎井國小找我的朋友。」陳宇善牽著林威辰的手往學校的方向走去，他對附近的環境似乎還是很熟悉。

「天氣太熱了，先喝一杯風茹茶再去玩，才不會中暑。」喝過阿嬤熬煮的風茹茶之後，兩個孩子很有默契的說一句「天然ㄟ尚好」。

「我們要去看看他們的畢業典禮和我們學校的畢業典禮有什麼不

同。」林威辰向緊跟在他們後面的陳英傑解釋。

走進校門往操場看過去，林威辰驚訝的說：「他們學校才十個學生呀！」

「畢業生只有兩個，都是我朋友。」陳宇善很神氣的說。

眼尖的校長看到陳英傑出現，特地前來打招呼，邀請他到司令台的貴賓席坐，兩個孩子也跟著坐在司令台上的貴賓席。

校長拿起麥克風對全校師生介紹，「歡迎我們的傑出校友、虎井之光——陳英傑教授來參加我們的畢業典禮，給畢業生鼓勵和祝福，他今天還帶兩位來自高雄的小貴賓喔！」掌聲中，陳英傑起身向大家揮手致意，陳宇善和林威辰也跟著起身揮手。

陳宇善不知道爸爸到底做了什麼偉大的事，才被稱為「傑出校友、虎井之光」，倒是林威辰一直用崇拜的眼神盯著宇善爸爸看。

「哇！好多獎品喔。」畢業生只有陳國基和李念祖兩個人，他們平分所有的獎，從頒獎開始到結束，他們就一直站在司令台，輪流領獎。

「他們兩個變得和我每天想的都不一樣了，又黑又高又壯。」陳宇善看著兩個小時候的玩伴，心裡想著。

林威辰只注意那成堆的獎品，看得眼球都要凸出來了。

「如果一直待在這裡，我就可以和他們兩個人分所有的獎品，如果你也在虎井讀小學，那些獎品就變成四個人均分。」林威辰聽了陳宇善的話一直點頭。

「虎井嶼同年齡的就是我們三個，我們一起讀大班，一起在廟埕玩尪仔標、釘陀螺，還有看人家練小法。」林威辰很認真的聽，像一個專心聽講的學生。

「不知道他們兩個還記不記得我？還有沒有把我當麻吉？會不會像高雄那些同學一樣說我是怪咖？」陳宇善喃喃的說。

那時候被帶到高雄，以為只是離開幾天，沒有想到搭上船，和他們一分開就是六年。那時候，船離開碼頭已經好遠好遠了，他們兩個還站在那裡一直揮手，一直揮手，人都像豆子那麼小了，還覺得他們在一直揮手。

「他們不知道是不是還站在碼頭對著大海揮手？」上課中，陳宇善常常會再想起那一幕。

「一定會再來虎井嶼和你們玩的，你們快回去啦！」陳宇善有時候會突然說出這麼一句話，連自己也嚇一跳。

「喂，陳宇善來幫我們拿獎品啦，很重ㄋㄝ～！」陳國基在司令台下面喊著。

畢業典禮一結束，陳國基和李念祖就跑到司令台那裡找陳宇善，手上還抱著剛剛領的獎品。

「陳國基認出我了，威辰，我們過去幫忙。」林威辰像個小跟班，傻呼呼的跟在陳宇善後面走下司令台。

14 好友喜相逢

六月的虎井嶼好熱喔，每個人都汗流浹背的，還好剛剛喝過風茹茶，比較消暑。

「一共二十樣獎品，我們四個人一個人拿五樣。」陳國基從小就喜歡發號施令，大家也都沒有意見，一個人拿五樣獎品，邊走邊聊。

「你們學校還養羊喔，真有趣！」林威辰看到學校圍牆邊低頭吃草的幾隻羊，覺得很新奇。

「虎井嶼本來沒有羊，是我阿公從馬公買來一對小羊，說可以在操場吃草，我們上學就不用拔草了。」

「你阿公和我們都以為你會讀虎井國小，你阿嬤還說，我們上學還可以擠羊奶喝呢！」陳國基記得很清楚。

「那兩隻羊都是我們在顧，多出來的幾隻是牠們的寶寶，我們已經訓練牠們專門吃操場的草，現在我們真的不用拔草了。」李念祖也接下去說。

「擠羊奶喝有沒有試過呢？……。」他們邊走邊說，笑得好大聲，併肩走出校園。

「陳宇善，你畢業的時候得到什麼獎？」李念祖好奇的問。

「美麗人生獎，我們兩個都是美麗人生獎。」林威辰搶著回答。

「什麼是美麗人生獎？我們怎麼沒有？」李念祖和林威辰一見如故，你一句、我一句，氣氛融洽又有趣。

「我們的家芬老師說那個獎是祝福我們有美麗的人生。」林威辰說起吳家芬老師，還要加上「我們的」。

「叫她『加幾分』啦！這樣他們臉書要加好友才找得到。」陳宇善略帶神祕的說。

「吼！老師說那是祕密，你還說出來。」林威辰小小的抗議。

「沒有關係，反正也不會再遇到她了。你們知道她為什麼取名字叫『加幾分』嗎？」順便賣個關子了。

「為什麼？」李念祖很好奇。

「因為她讀大學的時候常常翹課，考試考不好要被當，就去拜託教授『加幾分』啦！後來，大家看到她就開玩笑叫她『加幾分』，不叫她『家芬』。」陳宇善說完林威辰馬上接下去說，「教授，加幾分啦，啾咪……。」

林威辰學女生的聲音說話，擺了一個撒嬌的姿態，眨眨眼、嘟嘟嘴，側著身子扭一扭。

四個男生在田間的小路上笑成一團，還學著林威辰的語調重複的說：「加幾分啦，啾咪～。」

「那麼教授有沒有給她『加幾分』？」陳國基很想知道結果。

「沒有呀！教授說妳叫『無加分』，我怎麼可以給妳加分呢？」陳宇善一說完，大家又是一陣狂笑。

「家芬老師被我們在臉書起底了。」林威辰補上一句。

「哇！你們懂好多，會玩臉書，還會玩啾咪喔！」李念祖很崇拜這兩個剛從高雄大都市來的朋友。

「臉書不是遊戲，是一種社交網站。」陳宇善再一次得意的說明。

「啾咪不是遊戲，是一種裝可愛啦。」林威辰學著陳宇善說的話照樣造句。

「你們兩個人如果轉來我們學校，一定是縣長獎和議長獎，我們就是鄉長獎和局長獎。」陳國基很有權威的發表他的看法，因為住在虎井嶼的小朋友，都覺得自己比不上都市的小朋友。

陳宇善和林威辰也不否認，露出跩跩的表情，走起路來自信滿滿。

「ㄚ我們現在要走去哪裡？」陳宇善俏皮的問。

他記憶中的李念祖，很沒有主見，講話又有一點「卡卡的」，常常跟在他和陳國基後面問：「ㄚ我們要去哪裡？」

陳宇善記得很清楚的事，其他三個人好像沒有什麼反應。因為李念祖長大後就沒有再「ㄚ、ㄚ、ㄚ」的說了。

「我們中午要在大音宮領獎，還要吃謝師宴。」陳國基屌屌的說。

「還有獎要領獎喔！是什麼獎？」林威辰既羨慕又好奇。

陳宇善聽到他們還有獎可以領，心裡也有些悵然：小時候我們三個在一起玩，看到的人都說我最聰明，怎麼現在他們兩個有那麼多獎，我只有得到一個讓媽媽沒有面子的美麗人生獎。如果我是在虎井國小畢業，媽媽一定很有面子。

「就是觀音獎啦，獎品沒什麼，一人一部筆電而已。」陳國基對著他們宣布，等著看他們羨慕到流口水的樣子。

「我們在大音宮當了六年的小法，小學畢業都會領到一份觀音獎。去年是腳踏車，今年更好，是筆電。」李念祖也補充說明。

林威辰想要有一部筆電已經想很久了，沉默了一下，他突然很慎重的對大家宣布：「我覺得這裡比高雄好。」

這裡真的比較好，他們一邊走一邊說話，很大聲的說話，整座島嶼都靜靜的在聽他們的對話，沒有車水馬龍、沒有告狀責怪，經過他們身邊的人好像都認識他們，會很親切的和他們打招呼，和他們話家常。

阿嬤家離學校很近，聊著聊著很快就到了。旁邊的廟埕已經搭好棚子、擺上桌椅，好像村子要辦喜事，島嶼上的居民紛紛往這兒聚集。

「我們先到宇善阿嬤家玩。」四個孩子就坐在神明廳看電視，拆獎品。

「來幫阿嬤剝土豆仁啦，等一下做土豆糖給你們吃。」阿嬤在門口對屋內看電視的小孩們喊。

四個小孩子蹲在門口把一顆一顆的土豆去殼，取出土豆仁。後來就分高雄外地的一國、虎井在地的一國，玩起剝土豆仁比賽了。阿嬤幫他們在耳朵上都夾上土豆莢，每個人都成了戴土豆耳環的男孩。

「這是阿嬤自己種的土豆。」阿嬤看孩子們玩得開心，話匣子就打開了，「阿嬤還有種很多菜喔！待會兒帶你們去菜園看。」

「阿嬤，那一頭幫我們耕田的村牛現在在哪裡？」陳宇善突然想起那一頭他曾經趴在背上睡覺的村牛。

「在嬸婆家啦，另日就輪到耕我們家的田了。」

「林威辰，我沒有說謊吧！我們虎井嶼只有一頭牛，要輪流到每一家的農田耕作。」陳宇善對於上課時說虎井嶼只有一頭牛，而被同學嘲笑的事情一直耿耿於懷。

「嗯！你沒有說謊，你說的都是實話，是他們沒知識，還笑你。」林威辰很狗腿的回答，他今天心情很好，穿媽媽買的新衣服、搭飛機、坐在司令台上……，這些對他來說是想都沒想過的，而且還帶著來自都市的光環。

不知道什麼時候，陳宇善的爸爸已經站在一旁看他們剝土豆仁、聽他們說話了。

「爸爸最喜歡吃阿嬤做的土豆糖，以前要過年或是家裡有喜事的時候，阿嬤才會做土豆糖給我們吃。」

陳英傑還記得他小學畢業那一天，上台領縣長獎、代表畢業生致詞，母親高興得做了一大盤土豆糖到大音宮拜觀世音，然後請村子裡所有的人吃土豆糖。

還有宇善出生的時候，母親也是帶一大包親手做的土豆糖到高雄看剛出生的宇善。

「阿嬤一定是把你們來這裡，當做是很歡喜的事。」希望土豆糖能夠把歡喜的心意傳給宇善和威辰。

【幫四個戴土豆耳環正在剝土豆仁的男孩拍張照片，上傳臉書。】

（加幾分按讚，留言：口愛喔，啾咪！）

15 感傷的致詞

「入席了。」大音宮的陳主委用擴音器對著廟埕廣播，大家很快的入席坐定。

這是一場很特別的宴席，除了感謝老師的辛苦、恭喜畢業生之外，也意味著又有兩個年輕人要離開虎井嶼到外地讀國中。然後，可能會留在外地發展，虎井嶼的年輕人口又減少了。

「首先，我代表大音宮感謝陳國基和李念祖兩位小朋友，這六年來為我們的大小法事無眠無日，無私無我的付出。他們要到馬公去讀

國中了，在觀音菩薩的庇佑下，相信一切都能夠平安順事。」大家對兩位小朋友報以熱烈的掌聲，阿伯公很高興的向大家說謝謝。

「在英傑那個時代，能夠被選上小法是多麼光榮的事，每年從四十幾個孩子裡面才選出十個小法，被選上還要拜拜感謝神明。現在，我們整座虎井嶼的小孩子剩不到十個，小法就要斷層了。」

陳主委很感慨的一番話，使原本喧嘩的廟埕，突然靜寂無聲，氣氛有些感傷。

「很多人都說到廟裡幫忙、練小法，會影響功課、會變流氓，今天在我們現場的陳英傑教授，小學時代也是在大音宮當小法，他是帶頭的，要處理的事情更多，也沒有變壞。到馬公國中讀書，畢業時還領縣長獎，當時，大音宮的主委頒一塊『虎井之光』的金牌給他。希望你們兩個未來也能成為『虎井之光』。」

在賓客熱烈的掌聲中，陳英傑起身向大家揮手致意。陳宇善看著爸爸，想像爸爸當小法走陣步的樣子，覺得很不可思議。

「我們今年頒給他們兩位的獎品是筆記型電腦，希望他們利用電腦研究功課、好好用功，不要只有上網、聊天和打電動。」

陳主委最後的一句話讓現場的氣氛又回復到輕鬆自在了。

在大家的笑聲和掌聲中，兩個小朋友領了獎品回到座位。坐在一起的陳宇善、林威辰很羨慕的摸著他們的小筆電。

「我再補充一下，今天到現場的還有一位貴賓，高雄來的林威辰小朋友，他的爸爸林明德也曾經是我們大音宮的小法。林威辰是正港的虎井嶼子弟，這是他第一次回到故鄉，我們大家用最熱烈的掌聲歡迎他。」主委知道林威辰也在現場，急忙拿起麥克風再作介紹，沒有將他冷落。

同時，許多人把目光都聚焦在林威辰身上，交頭接耳一番。突然成為「貴賓」，林威辰也學陳英傑教授的樣子站起來對大家揮手致意。

故鄉就是這種感覺嗎？自在又快樂，有尊嚴有溫暖，不用為生活煩惱。自從一年多前父親過世後，林威辰家裡的經濟就雪上加霜。他只好到禮儀社打雜、和道士阿公學「師公」，賺錢貼補家用。有時候工作到半夜連寫功課、睡覺的時間都沒有，還被指指點點說是宮廟的不良少年，從來沒有像現在這樣被歡迎、被重視。

16 畢業安可曲

筵席散了，整座島嶼為兩位小學畢業生舉辦的畢業典禮告一段落，陳國基和李念祖讓家人把獎品先帶走，他們繼續留在廟埕和高雄來的朋友玩。

看他們四個形影不離，陳英傑笑著對兒子說：「在思念與等待中，失聯好幾年的朋友終於相逢了，如果沒有跟緊，又不見了怎麼辦？」陳宇善點點頭，父子倆的心又更貼近了。

他們是想用說不完的話，把這幾年所失落的那份空缺填滿，陳英

傑和阿清在夜市重逢後，就是這種感覺。

帶著剛做好的土豆糖，四個小男孩坐在港邊的涼亭裡邊吃邊聊天。

「這裡的孩子都不用補習、不用上安親班嗎？」陳宇善小聲的問。

「這就是我們擔心的事，聽說馬公的孩子都有在補習，我們去一定是讀最後一名。」陳國基神情有些落寞，說話已經失去領獎時的自信。

「我是不喜歡被關在補習班，一直寫考卷，老師還會從第一名排到最後一名。考不好要被笑，還要抄考卷。」陳宇善在補習班不愉快的經驗，現在想起來仍心有餘悸。

「我們高雄那一班的同學也都在補習，只有我們兩個沒有，我們家是沒有錢讓我補習，陳宇善是家裡有錢不去補習。」林威辰對於自己家裡的經濟狀況很坦然。

「我們家應該也是沒有錢讓我補習，爸爸說國中畢業後讀澎水，然後就回虎井嶼討海。」李念祖很認命，將來除了和爸爸去討海，還要接手阿公負責打點的廟裡大小事，也計畫要在虎井嶼幫媽媽開一家越南麵店，讓大家知道媽媽是越南美食的料理師。

「我爸爸說，他的內心是希望我以後回來虎井嶼和他們在一起，虎井有厝、有田，還有漁船，留在外地要從頭打拚。」陳國基對未來感到很茫然，望著海的遠方，看不到彼岸。

「我爸爸說，他小時候虎井嶼的有錢人都是討海人，後來海域被毒魚、炸魚、三層網的捕魚方式污染、破壞了，年輕人回來不知道要做什麼才好，所以他的同學都不回來了。」陳宇善記得爸爸說過的話。

「不過，大家都不回來，島嶼上都是老人家，該怎麼辦？」李念祖看碼頭工作的都是老人，心裡既猶豫又不忍。

「你記得嗎？有一次，整座嶼停電，電力公司的人說風浪大沒有船載他們過來修。自己一個人住的三嬸婆晚上摸黑上廁所跌倒，就用爬的爬到客廳打電話給住在高雄的兒子。」李念祖提起了虎井嶼的新聞事件。

「當然記得，那時候已經停電兩天了，大家都沒法度，我爸爸收到消息拿著手電筒趕去照顧三嬸婆，島上也沒有醫生，只有陪她等待。」陳國基也是印象深刻。

「可是，住在台灣的人就是不一樣，什麼都不怕。嬸婆的孫子馬上把『虎井嶼已經二天沒有電，我阿嬤跌倒求助無門』的訊息貼在臉書上。結果網友瘋狂分享、留言。晚上貼文，隔天早上新聞播出，不到中午，電力公司就派人來修好了，還有醫生親自開船來醫治三嬸婆。」李念祖接著陳國基的話說。

「我阿公說，以後島嶼有問題就是要靠台灣的親友用網路傳出去，靠網友幫我們說話，不然，誰理我們。感覺上，我們就是矮台灣人一截。」陳國基重複一遍阿伯公的話，這句話，阿伯公已經對每一位來訪的記者都說過一遍了。

「我爸爸也知道這件事，他也很擔心阿嬤，有打電話問阿嬤。」陳宇善想起當時爸爸看到新聞氣得拍桌子，說他要設計一個方便離島老人求助的應用程式。

「這些老人怎麼不去跟他們的親人住？是不是年輕人不要他們了。」林威辰已經發現這個島上有很多老人，大部分都自己住。

「我阿嬤說，她離開虎井嶼會很早死，所以是她不要去高雄和我們住。」陳宇善趕緊解釋，不是他們不要阿嬤。

阿公剛過世的時候，爸爸一直希望阿嬤留在高雄和他們住，阿嬤卻堅持要回虎井住。

「我不會說是你們不孝啦，是我自己不習慣都市的生活，再待下去會生病。我要回虎井嶼，那裡老朋友很多，我們會互相照顧的。」阿嬤當時一再的告訴爸爸，她決心要回虎井嶼生活。

「我阿公、阿嬤也這樣說，他們都不要離開虎井嶼，離開虎井嶼他們就好像是沒有用的人，我爸爸只好留下來陪他們。」陳國基的阿公負責管理碼頭的雜務，阿嬤每天補漁網、洗漁船、種菜、撿螺螄，老人家們一刻也不得閒。

「我阿公到高雄我叔叔家才住兩天，就吵著要回來虎井嶼，他說住在高雄像是關在監牢。」李念祖的阿公一早就在廟埕打掃、下午和朋友在涼亭聊天看漁船進港，晚上就在廟埕訓練小法，他害怕住在都市的公寓裡，看不到天、望不到海的感覺。

「我也覺得住在這裡比較好，如果我爸爸住在這裡，可能就不會那麼早死。」林威辰在父親小時候生活的島嶼，想起死去的父親。

「我爸爸常說，陳英傑博士一定有辦法改變虎井嶼的命運。你知道你爸爸小時候的外號就叫『萬能的』嗎？他小學當了六年班長，同學們有問題都是找他解決的。」陳國基對陳宇善說。

「我爸爸和『萬能的』也是同學，原來我們的爸爸都是同學，真好！」林威辰很高興的對陳國基、陳宇善說。

「我爸爸有外號，那我們也來取外號好嗎？」陳宇善突發奇想的說，幾個小孩精神為之一振。

「我就叫三太子，不用想了。」林威辰爽朗的說。

「ㄚ你就叫石頭人啦，你臉書上的名字就叫石頭人。」林威辰說完自己的外號，順便搶著幫陳宇善說。

「雞排哥，我想到了，陳國基就叫雞排哥，有雞排妹就要有雞排哥。」輪到陳宇善急著幫陳國基取外號。

雞排哥這個外號實在太好笑了，大家都笑成一團。

「那我要叫什麼？」李念祖很急，現在只剩下他沒有外號。

「你就叫念大海好了，表示我們都會想念大海。」陳宇善看著前面的大海突然有了靈感。

「哇！你好厲害，跟你爸爸一樣萬能喔！」

李念祖很滿意自己的外號，陳宇善也覺得現在的自己可以和爸爸一樣，有個外號叫做「萬能的」。

今天是虎井國小的畢業典禮，島上本來只有兩個畢業生，是一場平平淡淡的畢業典禮，加入了兩個來自高雄的畢業生之後，畢業的日子竟然變成五彩繽紛，有高興、有惆悵，還有無所不談。

「到馬公如果認識更多的朋友，日子更有趣，會不會就不想再回來了。」李念祖將來要回虎井的心有一點動搖了。

在海邊，在海風吹拂下；在黃昏，在夕陽餘暉中，談天說地、暢聊未來的情景。對這幾個孩子來說，他們的小學畢業典禮之後，還多了一首畢業安可曲。

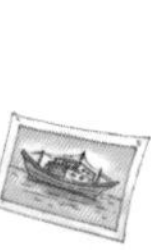

17 吃菜尾配話

陳宇善很想告訴他的朋友們，其實，「萬能的」也曾經有過不萬能的時候。

阿公過世、阿嬤回虎井一個人住的那一年，爸爸生病了。媽媽有交代不能說，她不讓別人知道爸爸得過「憂鬱症」，怕傳出去會影響爸爸的形象和前途。

生病的爸爸除了服用藥物再去上班之外，其他的時間都在他的書房靜養，連睡覺前都要先吃藥才睡得著。

媽媽常常埋怨爸爸，就是太有正義感，太有責任心才會得那種病。他那時候有想到，如果去搬一塊虎井沉城的石頭回家，爸爸的病或許會好起來，可是他不敢開口說。

如果像陳國基他們說的虎井嶼很需要爸爸，這件事讓爸爸知道了，他的病會不會再發作？

阿嬤們將中午吃剩的菜加熱之後，就成了島嶼上喜事的續攤——菜尾大餐，還是在廟埕擺幾張大圓桌，吆喝著每一個路過的人一起過來吃菜尾。林威辰看著一張張大圓桌，有一種幸福又圓滿的感覺。記憶中，從來沒有像這樣和很多人圍成一桌、好好的吃一頓飯。

他的童年是在高雄的廟埕、夜市賣烤香腸和顧珠子檯度過的，逢年過節最忙碌，沒有這種和親友圍桌吃飯的團聚時光。

對陳宇善來說，吃菜尾算是很特殊的經驗。媽媽在飲食上講究養生，沒有讓他吃過隔頓的菜，連學校的午餐都嫌營養不夠，由專人配送。這一次，感覺完全不一樣，什麼菜都可以隨便吃，什麼規矩都不用管。

許福財老師就坐在爸爸旁邊，兩個人一直「吃菜尾配話」。

陳宇善想起爸爸對他說，「那時候，我雖然當班長，都考第一名，可是許福財比我聰明，要不是家裡經濟不好，要幫忙賺錢沒有時間讀書，他應該不會輸給我。後來他公費保送師院，才能繼續讀大學，條件就是畢業後要回虎井嶼服務。」好像覺得許福財在離島教書有一點可惜。

可是有時候又說：「幸好還有許福財留在虎井嶼，故鄉才有個人照應。」讓人分不清許福財老師留在虎井到底是對還是不對。

「如果林明德留在虎井嶼，至少可以討海過生活，你記得他是我

啤酒
啤酒

們這居潛水尋寶的第一名嗎？」陳宇善彷彿聽到他們談到了林威辰的爸爸。

「他家搬到高雄，投資生意錢都被騙光了，父母過世後留下明德一個人在夜市討生活，失志後變得愛喝又愛賭，親友怕被連累都斷路了。」許福財對虎井嶼鄉親的大小事都瞭若指掌。

「阿清也有勸明德乾脆回虎井嶼，把祖厝整理、整理，他討海、妻子做個小生意，這樣一家三口就可以生活。他就是愛面子、死都不肯回來。」陳英傑嘆了一口氣。

「虎井嶼的年輕人有成就的留在都市不回來，嫌棄故鄉落後；失敗的流落外地也不回來，怕被嘲笑沒面子。」許福財苦笑著說。

「我考慮在這裡成立一個電腦程式設計工作室，不會污染環境、讓偏鄉島嶼受到關注、吸引年輕人回流、還能夠爭取一些經費改善這裡的環境。」停頓一下繼續說，「也打算每隔一陣子就帶幾個科技新貴來當短期樂活族。都市的步調快、壓力大，科技人如果能夠脫離一陣子，到島嶼來換一種生活型態和工作環境，或許也能夠有新的人生體悟。」

「『萬能的』腦子裡在想什麼，沒有人會知道的，可是，他想要做的一定做得到。」許福財很了解他的好朋友，一定會實現他許下的承諾。

陳宇善觀察一桌一桌的人，他們一直說話一直笑，每個人都大口大口的吃，菜尾就像是山珍海味那般的可口。

陳英傑看著陳宇善和林威辰，他們竟然從頭吃到尾，都把筷子握得緊緊的，沒有用手去抓食物，跟著大家一口菜一口菜夾起來吃，孩子有了不一樣的轉變。

大人們在討論事情，在進行計畫，在互相敬酒。陳宇善發現在高雄斯斯文文的爸爸，竟然和大家尬起酒拳，喝得滿臉通紅。這樣的爸爸，很像記憶中的阿公。

發現兒子在看他，陳英傑也舉起酒杯對著兒子擺出乾杯的手勢。

18 黑夜裡的光

「我阿嬤很會講故事，會自己編，還會用不一樣的聲音說喔！」

阿嬤和兩個孩子躺在大通鋪，陳宇善要阿嬤說故事。阿嬤聽到孫子要聽她講故事，還誇她會講故事，精神一來，竟然叫孩子們「點故事」。

「我只有聽過點歌，原來還可以點故事呵。」林威辰覺得很新奇，想了想就說：「阿嬤，我要聽風茹茶的故事。」

阿嬤清清喉嚨就開始說：「明朝的鄭成功在馬公的中央街那裡駐

兵，遇到乾旱，士兵沒有水喝，鄭成功就把寶劍往地上一插，竟然冒出甘甜的水，水多得士兵都喝不完，就是萬軍井的由來。」

「那跟風茹茶有什麼關係？」兩個孩子異口同聲的說。

「當然有關係啦！後來澎湖流行熱病，明朝皇帝就派軍船護送懂得醫術的風茹公主，從福建坐船來解救鄭成功的軍隊。沒有想到船駛到沉城那裡遇到大風浪就沉了，公主還有士兵們都跟著船沉到海底。不久之後虎井嶼的海邊竟然長出開黃色小花的藥草。聽說開出來的黃色小花跟公主頭上插的簪子一模一樣，大家就叫它風茹草。」

「好好聽喔！阿嬤講的故事好好聽喔！」林威辰聽得津津有味。

「然後呢？還有沒有？」

阿嬤睏了，迷迷糊糊地說：「鄭成功的士兵就生熱病，被施琅打敗了。我們虎井人喝了風茹草之後，熱病都好了，就出海工作賺大錢……。」林威辰和阿嬤睡著了，睡得很沉、還大聲的打呼。

可是陳宇善睡不著，小時候在虎井嶼就是和阿公、阿嬤一起睡這個大通鋪。有時候，陳國基和李念祖也會一起在通鋪玩，玩累了、睡著了，他們的阿公再來背他們回家繼續睡。

剛回到高雄的時候，媽媽要他一個人睡：「美國的小孩子從小就自己睡，宇善也應該要這樣才能學習獨立。」

那時候，他常常突然半夜醒來，不知道是在什麼地方睡覺，很害怕，就思念起阿公家這一間散發著檜木香的大通鋪。

「我會不會是和爸爸得到一樣的病，所以晚上都睡不著。」當時他很擔心。

這一次可以和阿嬤、林威辰一起睡大通鋪，反而睡不著，不過這次是高興到睡不著。

好像很晚了，從窗子看出去，連廟的燈都熄了，島嶼一片漆黑，僅有的光芒竟然是天空的星星照下來的。

原來星星的光也能夠變成大地黑夜裡的光，陳宇善從來沒有想到過。

他看到爸爸在神明廳整理出一個工作角落，已經開始在忙了，爸爸的手指在小筆電的鍵盤上快速的觸動游移。

今天是回到虎井的第一天，

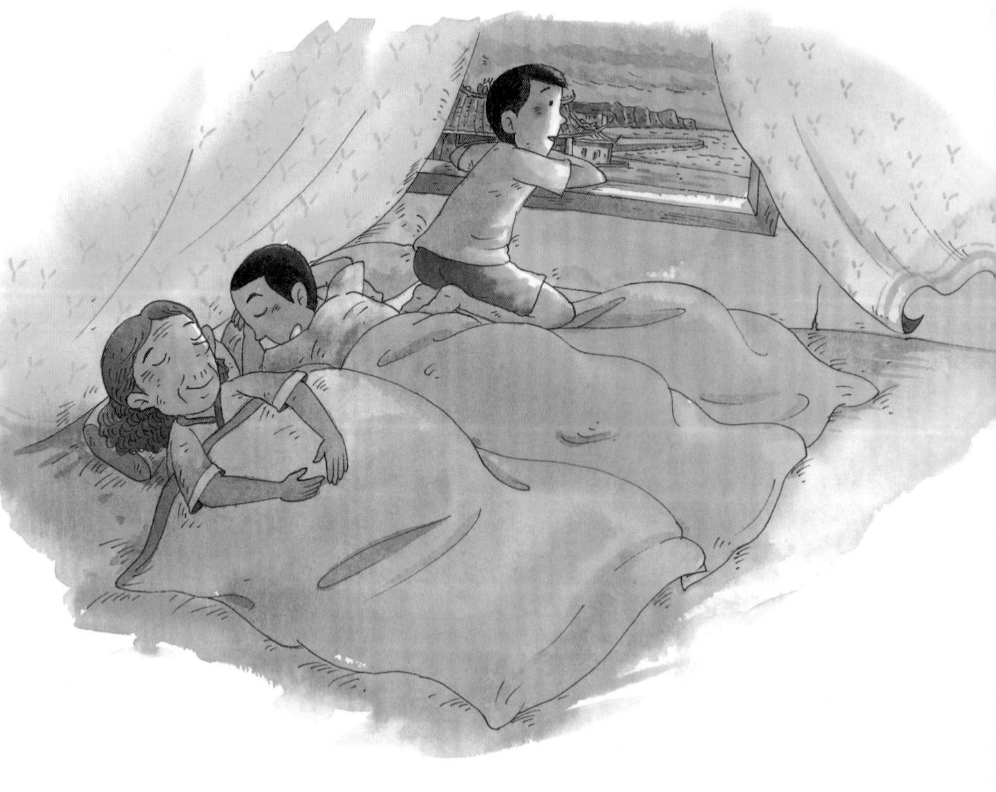

他覺得玩了很多，玩了很久，卻擔心很快又要回高雄了。起床走到爸爸身邊小聲的問：「我們要來這裡住幾天？」

「你不想待在這裡嗎？不習慣是嗎？」爸爸摸摸他的頭問。

「不是、不是，我是害怕突然又要離開了。」他急著澄清，「還有，媽媽有交代你不要太累，才不會睡不著，又生病了。」

這一座島嶼對他們父子來說，都是人生很重要的地方。有時候會生病，不是因為工作忙而累得生病，是內心藏著事情負荷不了才悶出病來。

爸爸停下手邊的工作對宇善說，「阿嬤說的故事，是她自己編的，全世界只有阿嬤會說這一個風茹茶的故事。」

「我本來要問阿嬤，公主和士兵們的靈魂是不是還關在沉城裡，還來不及問，阿嬤就睡著了。」陳宇善若有所思的說。

「爸爸以為，你已經忘記沉城裡有靈魂的事了。你躲在學校的石頭園區，是在想虎井嶼？還是在想沉城裡的靈魂？」

「我也不知道，本來是因為同學笑我講話的腔調，我才躲起來。後來，就開始想虎井嶼的事，石頭園區變成了虎井嶼，朋友和我玩，阿公陪我說話……。」

19 童年的約定

今天是「村牛」要來阿嬤家耕田的日子。天剛亮，三個都市來的人就被叫醒，阿嬤已經在大灶煮好地瓜稀飯放涼，叫宇善帶威辰去雞寮撿幾顆土雞蛋回來煎，還有螺仔漬和小魚乾，先吃早餐暖暖胃腸再出發。

三嬸婆坐在牛車上，趕牛車來交給阿嬤。輪到阿嬤趕牛車去田裡，她已經蒙好面，戴上斗笠，讓兩個孩子坐在牛車上，陳英傑則跟著牛車後面走。

「哇，菜園還有四面牆壁喔！」林威辰看到圍著菜園的矮牆，上面爬滿了菜瓜

藤，垂掛著一條條澎湖菜瓜。

「冬天風大，從祖先留下來的田就是有圍著玄武岩或硓砧石砌成的牆，擋風還可以爬瓜蔓瓜藤。」陳英傑對孩子們解釋。

「你們要和村牛說說話，牠一定很想聽你們

說高雄的事。」阿嬤一邊趕牛一邊對孩子們說。這一頭他們家三代都認識的牛朋友，慢慢地拉著車慢慢地走，很像村子裡聽子孫輩說話的長者。

「牛一點兒都沒有變，我小時候看到的牛就是這個樣子，牠都不會老。」陳宇善仔細觀察這一頭牛

「看不出老，牠是真的老了。百年之後要好好幫牠辦後事、立牌位，若有回來虎井嶼要拿香拜拜牠。」阿嬤一再交代，要懂得感恩。

陳宇善看到爸爸蹲在牛的身邊、附在牛的耳朵說話，阿公也有教他這樣跟牛說話。阿公說牛沒有家人，所以要常常對牠說話，其實是牠在聽我們說話。

「牠知道許多島嶼人的心事和故事，還有祕密喔！」陳英傑笑著說。

「爸爸，你有一直記得小學的時候對牛說過的話嗎？」

「那時候虎井嶼還沒有牛，我有話都和朋友說。」現在還記得畢業那一天的情景，四十幾個畢業生都坐在碼頭邊的堤防上聊天。那一條坐滿同學的堤防，大家都用在地話交談、唱行船人的歌，還有人脫光衣服跳到海裡打水仗。

大部分的同學都要到馬公讀國中，他們約定每年都要回虎井聚一聚。後來，回虎井聚會的人越來越少，不知道哪一年同學會就取消了。

看到這一頭孤單的老牛，彷佛在預告島嶼的未來。陳英傑最近常常在想，島嶼如果能夠做些改變，就會有不一樣的未來。

阿嬤和威辰把收成的地瓜、土豆、菜瓜、南瓜和菜豆裝上牛車，催著這一對父子準備出發，她要趁著日頭還沒有很炎熱，趕牛回牛棚休息。

「等一會兒，我要去虎井國小處理一些事情，你們和阿嬤先回去。」爸爸抱著宇善和威辰坐上牛車，自己則往學校的方向走。

20 島嶼的希望

這一天，陳英傑教授在虎井國小的電腦教室，透過視訊與分散各地的基金會董事們開會，他要提出擬訂好的計畫報告，希望基金會將今年度所編列的公益經費投注在他的故鄉——澎湖。他的表情認真、嚴肅，感情豐富、深摯。

「這個名為『石頭會說話』的島嶼再造計畫，首先是要做海洋生態保育的宣導，再宣傳島嶼之美……，希望能以虎井嶼為示範，朝著年輕人回流，改善在地人生計，獨居老人獲得照護的目標努力。

「許多島國都面臨相同的問題，我們要積極投入，以壯大島嶼的生命力……，我們在離島的計畫，會成為國際的先驅……。」

幾位科技業的老闆聽了這一段話之後，深深感動，彷彿看到澎湖群島像海上的一串珍珠，光彩耀眼。

「你要做什麼建設嗎？有沒有設計圖？」

「對於計畫的推行，我堅持不破壞、不建設、只修復、重保存，島嶼的文化不會被科技的文明所淹沒，只會發光發熱。」

經過一番提問、回答、討論之後，投票通過公益經費交由「台灣的比爾・蓋茲」——陳英傑博士執行他所擬定的計畫，理性的科技人展現慈善家做公益的人性關懷面。

陳英傑神采奕奕的將投射筆指向布幕上呈現的世界地圖中，北回歸線上的一個小黑點——虎井嶼。

幾個孩子跟著許福財老師靜靜的看著陳英傑在開視訊會議，直到會議結束才敢出聲音。

「我以為虎井嶼是與世隔絕的。」李念祖驚訝得說不出話來。

「海權時代歐洲人稱我們虎井嶼『Table島』，現在感覺還真像是在一塊世界會議桌上開會。」陳英傑意有所指。

「海運時代，澎湖這些看起來不起眼的島嶼，曾經船來船往很繁華的。」許福財懷舊的說。

「現在是網路世代，靠著網路、島嶼可以連世界。」陳宇善看著爸爸開視訊會議後，有感而發。

在高雄的陳英傑博士的辦公室裡，吳家芬已經將會議紀錄整理完畢，她即將受聘這個計畫的特別助理。

加幾分發在臉書上發一則新動態：

【新工作已有著落，虎井嶼，我來了。離島二個月，記得想我喔～】

（很多人按讚，留言也爆表：熱死你。沒有星巴克。記得帶咖啡。沒有麥當勞。可以賣炒泡麵。沒有二十四小時便利店。牙痛沒醫生。改名「虎」姑婆……。）

炎熱的天氣，陳英傑和許福財帶著四個男孩子在碼頭旁的涼亭上，等著從馬公開過來的交通輪。

船要靠岸了，林威辰頂著炎熱的太陽跑到阿伯公旁邊，幫他拉纜繩，其他三個小孩也跟著過去。

出現在甲板上的吳家芬，戴著一副大墨鏡、頭頂蓋著一頂漁夫

帽，再用大大的布口罩包住眼部以下的臉，幾乎把整個臉都覆蓋了。

「叫我們的阿嬤教她蒙面啦！看她那麼怕曬。」陳國基對陳宇善說。

「她很愛美，還利用我們午休的時候用面膜在敷臉。」又被林威辰爆料了，他好像經常在注意老師。

「是呀！包得那樣很麻煩。把頭整個包起來，只是露出眼睛和鼻孔，這樣就不怕曬了。」李念祖跟林威辰最喜歡一搭一唱。

「對啊！我也覺得那樣比較好。」

林威辰眼睛盯著船看，老師真的在眼前出現了。幾乎每一位教過林威辰的老師，看到他都好像討債似的，追討積欠的功課。只有吳家芬老師經常將他欠的作業一筆勾銷，還常常問他：「有沒有吃早餐？」

他沒有馬上回答吃過了，老師就會指著自己的早餐說，「我想還是減肥好了，麻煩你幫我把早餐吃掉。」

有吳家芬在的地方，林威辰就會感到很安心，因為老師不會讓他餓肚子。

一身背包客的裝備，吳家芬踏上虎井嶼。

這是她喜歡的工作，具有挑戰性，雖然只有在離島二個月，相信是美麗的緣分。

看到這兩個她掛心的孩子在岸上等她，心中有一種莫名的感動。

「她是我們在高雄的老師啦！老師，妳也要叫他阿伯公。」林威辰還沒有等阿伯公問，就先介紹吳家芬。

吳家芬向看到的每一個人點點頭、打招呼，包括孩子們和許福財。

「老師，我跟你介紹，他們兩個是虎井國小的畢業生，也是我小時候在這裡的朋友。」陳宇善話變多了。

「他叫雞排哥、他叫念大海、他叫石頭人、我叫三太子，現在我們四個都變好朋友了。」林威辰掩不住內心的喜悅，搶著要和老師說話。

「她就是啾咪啦！」林威辰幽默一下，再次強調「加幾分、啾咪，吳家芬老師啦！」

一群人聽了哈哈大笑。

「妳先和許福財帶著他們四個男孩，想想看怎麼展現這座島嶼不一樣的風貌。」陳教授交代她一些事情，並說好用網路保持聯絡。

「我們先到學校的宿舍放行李，再到電腦教室看設備。」許福財帶他們往虎井國小走去。

　　陳英傑則留在碼頭，等著船卸完貨，再坐同一艘船往馬公，轉搭飛機回高雄。

21 沉城找知音

「首先，你們必須要學會使用數位相機，把『虎井的美』都拍下來。」許福財發給每個小孩一台數位相機，在學校的電腦教室指導他們使用。拍照、錄影、上傳、剪接、配樂、插圖、插入文字，都是他們學習的課程。

利用學習的空檔，林威辰順便登入臉書，看最新動態。高雄的同學有的玩神魔之塔、有的玩英雄聯盟，幾乎每個人都掛在網路。

（忽然螢幕一片黑，原來電腦教室的網路管制中，被發現擅自使用立即自動關閉。）

吳家芬則引導小朋友用各種感官去感受，從各個角度記錄島嶼的美。「都市孩子看到虎井嶼的美和在地孩子看到的不一樣，你們把自己覺得美的都拍下來，我們再來進行分享……。」

兩個老師帶著四個男孩子拿著數位相機在虎井嶼上山、下海。好熱的天氣，吳家芬簡直是「全副武裝」——蒙面加上長袖、長褲，島上的日曬又毒又辣。

「皮膚曬紅了，摘一小片蘆薈擠出汁液敷一敷就退紅了。」許福財告訴他們，島嶼隨處可見的蘆薈就是祖傳的天然護膚品。

一整天下來每個人都曬得皮膚紅通通的，還好有風茹茶可以解渴消暑氣。

回到電腦教室，冷氣吹得透心涼，相機和電腦主機連上傳輸線，螢幕一一呈現出孩子們捕捉到的影像，看到自己工作一天的成果，所有的疲累都忘記了。

哇～有天人菊、菜宅、水井、岩石；寄居蟹、羊群、海鳥；燈塔、漁船、碼頭、廟宇、古厝；日出、雲朵、藍天、夕陽；有在廟埕聊天的老人、在練習小法的孩童、在涼亭裡手拿梭針補網的村婦，還有在哺育嬰兒的越南女子。

「虎井嶼這麼美麗，我們住在這裡怎麼都沒有發現。」陳國基忍不住讚嘆的說。

「虎井嶼很美麗，離開了就會想。」陳宇善想了六年，隨時隨處都在想……。

「這就叫元素，美麗的元素組成美麗的島嶼。」吳家芬驚豔於孩子們的觀察力和對美的詮釋。

「放手讓孩子去追尋，就能發現他們想像力是無限的寬廣。」許福財看著影像，內心充滿感動。

「這些是我爸爸帶著特殊相機潛到海底拍攝的『虎井沉城』。」李念祖SHOW出在家裡翻拍的照片。

「原來海底的虎井沉城是這樣喔！」吳家芬、陳宇善和林威辰不約而同的說。

「從各個角度欣賞到海底沉城，是很珍貴的照片。」吳家芬盯著螢幕一看再看。

「我們虎井人經常在附近潛水，外界說得繪聲繪影的虎井沉城，對我們來說是很稀鬆平常的海底景觀。」許福財笑笑的看著他們。

「虎井沉城讓虎井嶼帶有神祕感。」吳家芬沉思著。

「我們成立網站，用虎井沉城的照片找知音，問人家海底應該有什麼？不應該有什麼？」她想到好點子了。

「看來看去都沒有看到靈魂。」林威辰小聲地告訴陳宇善，陳宇善也是專心地在尋覓，「真的沒有關靈魂耶！」吳家芬聽了不禁會心一笑。

「原本寸草不生、靠近南北向岩盤的石牆上，這次長出了很漂亮的珊瑚，顯示附近的生態有改變。珊瑚人工復育是宇善阿公生前帶著我們一起做的海洋復育工作。」許福財看了照片後語帶欣慰的說。

「我覺得也可以設計成一個遊戲軟體，讓別人免費下載，就像打擊惡魔一樣，保護海洋可以得到積分，破壞海洋被公審。」陳宇善果然很有網路智慧。

「這樣就可以把海洋生態保育的觀念融入遊戲裡，從遊戲中得到知識，開心學習。」吳家芬當場有了靈感，「我們再多想一些，讓許老師擬計畫。」

「程式的部分可能要由陳教授的資訊團隊接手了。」許福財邊說邊將討論出來的創意及想法，傳訊息給陳英傑。

「虎井沉城對世人來說本來就是一個謎，再出現這樣的圖文，一定會引起很大的迴響。」

虎井嶼「石頭會說話」的島嶼再造計畫中，關於海洋生態保育觀念宣導的案子——「虎井沉城找知音」，出自他們六個人的無心插柳……。

22 威辰的祖厝

「我們可能要整理一下林家祖厝，陳教授要帶幾個研究生來虎井嶼工作，他說，用租工作室的費用，整理威辰家的祖厝給工作團隊使用。」許福財帶著吳家芬到碼頭附近的林家祖厝。

「從林家祖厝的格局和建材，就可以看得出曾經是富貴人家。」吳家芬在祖厝裡裡外外走動觀察，她對文史采風有很濃厚的興趣。

「嗯，林家當時稱得上是虎井嶼的首富，清朝時期就與大陸通商，日據時期船好幾艘，後來靠走私也有賺到錢。」許福財曾經受到林家的恩惠，沒有想到世事多變，才幾十年的光景，人事全非了。

林家由貧而富至衰，是地方上茶餘飯後的話題。這裡的人純樸、善良。待在這裡久了，聽的故事多了，反而覺得島嶼上的生活簡單，人心單純。

「因為單純又容易相信別人，林家才會淪落到這種下場。」許福財語帶憾意的說。

「這棟房子是因為在離島，人家看不上眼，才能留到現在吧？」吳家芬聽說林威辰爸爸往生的時候還有負債。

「不是的，這棟房子現在是大音宮的廟產。虎井嶼在地人不會買人家的祖厝，外地人買了會破壞地方的團結。廟裡的委員就決議在法拍時標下來當作廟產保留，讓神明做主。最近，英傑在想辦法讓這棟祖厝回到林威辰的名下，他是萬能的，他想做的一定做得到。」許福財和吳家芬從屋外聊到屋內，再從屋內聊到屋外。

在碼頭看交通船卸貨的四個小男生，發現他們了，快速地朝他們跑過來。

「威辰來，老師告訴你，這是你家的祖厝喔！」吳家芬疼惜的告訴林威辰，這棟房子和他的血脈關係。

「什麼是『西河衍派』？」陳宇善指著門楣上的字問。

「那是姓林的堂號，表示林家祖先發祥地。」吳家芬這樣解釋，孩子們似懂非懂，跟著走進布滿灰塵蛛網的宅第。

「威辰真的是遇到貴人了。」吳家芬告訴許福財，腦海中浮現「有情有義」四個字。

林威辰的祖先也曾經是村子裡許多窮苦人家的貴人，海島居民感恩圖報重情義，還有豁達開朗的胸襟，是與生俱來的。

這一個大埕，以前曬滿了地瓜簽、土豆、魚脯仔，還有小管乾，曬乾了就一布袋、一布袋裝起來，放滿整個棧間，準備和外地人做交易。

旁邊的那一口井，人稱它「好井」。早期島上沒有自來水，挖掘出來的深水井也往往因為海水滲透鹽化，但林家鑿出這一口井卻冒出甘泉。他們也很大方，免費供島嶼上的居民汲水，更神奇的是，這口井從來沒有乾涸過。

「跟阿嬤說的萬軍井一樣，我家的井也是萬人井。」林威辰很得意的說。

「阿公說『虎井』本來叫『好井』，是這一口井嗎？」陳宇善用虎井嶼的口音說虎井和好井，還真是一模一樣。

「是呀！是呀！林家祖先幫助過許多虎井嶼的人，所以我們感恩

他，就說我們是好井人。」

「只是，有自來水之後就比較用不到這口井了。飲水思源，這一口好井的恩情，虎井人一直銘記，代代相傳。」

「以後我叫媽媽用好井的水煮風茹茶給大家喝。」林威辰很大方的對大家宣布。

「果然是林家子孫，遺傳了慷慨的作風。」許福財疼惜的看著林威辰，相信他的祖先們看到林威辰回來虎井嶼，回到祖厝，一定很高興。

23 石頭在這裡

「你看、你看，有沒有很像，是你阿公救靈魂的石頭。」林威辰指鋪在地面上的石塊對陳宇善說。

「真的是一樣的石頭。」陳宇善也發現了。

「是你們在學校看到的石頭嗎？」吳家芬聽得一頭霧水。

「祕密。」兩個孩子很有默契地說。

許福財說完好井的故事，接著要說石頭的故事了：

「這是壓艙石，威辰的祖先以前開船到大陸做生意，把貨物賣了，船艙空了船在海上晃動會很嚴重，就放這種花崗岩在船艙開回來。回來之後把壓艙石搬回家，可以累儲當建材，最常被用來當作鋪地石。聽說在壓艙石上行踏，人的情緒也會穩定。」

「這種石頭跟阿清伯店裡那塊有靈魂的石頭是一樣的。」陳宇善很肯定地說。

許福財請吳家芬先把兩個在地的孩子帶到廟埕等候，他把兩個高雄來的孩子帶到棧間，指著一疊一疊的石塊說：「阿清那一塊就是這裡的壓艙石。」

「蛤～，是我家的石頭，不是虎井沉城的石頭。」林威辰一臉狐疑的看著陳宇善。

「島上經常潛水的人都知道，虎井沉城的石頭是玄武岩。宇善的爸爸回虎井嶼的時候也會和大家去潛水，他應該也知道。」

「阿清伯難道不知道嗎？」陳宇善覺得懷疑，因為阿清一直認為那一塊石頭，來自虎井沉城。

「阿清的爸爸落海死後，他對海洋產生恐懼感，不敢學水肺潛水，所以沒有到過虎井沉城那一區海域。」

「所以，你們是用假的石頭騙阿清伯。」陳宇善恍然大悟，林威辰仍舊搞不清楚狀況，家裡為什麼有那麼多虎井沉城的石頭。

「阿清來虎井嶼找石頭的時候，病得快要沒命了，我和你阿公都很想幫他。你阿嬤還特地去廟裡請示觀音大士，竟然抽到寫著『狸貓換太子、撥雲見明月』的上上籤。」

「狸貓換太子就是用假的換真的。」陳宇善記得小時候聽過阿嬤說這個故事。

「上上籤就是最好的。」林威辰是在廟埕長大的，一聽就懂。

「我們突然想到林家祖厝的壓艙石，先來拿一塊放在船上，趁阿清不注意，你阿公抱著石頭潛入海裡，一下子之後再浮出海面，阿清就信以為真。」許福財的解釋非常清楚，兩個孩子都懂了。這才是「祕密」，到虎井探索到的祕密。

「用壓艙石來鎮定阿清的心，佛祖有保佑，阿清的病真的好了。」

「你想出這一個方法，很厲害喔！」陳宇善對著許福財豎起大拇指。

「我們還是要守住這個祕密，不能讓阿清知道那塊石頭的真正祕密。我們覺得是心誠則靈，他卻相信石頭上面有靈魂。」

24 打工換度假

「要怎麼開始呢？憑我們幾個人。」許福財想起了要整理林家祖厝，覺得有些棘手，還有一點無力感。

「我利用網路號召在馬公旅遊的背包客，到虎井嶼打工換食宿兼旅遊。你負責找一個地方給背包客們住宿，還有張羅飲食。」就像老師在分配工作，吳家芬對許福財說。

「小朋友們則在電腦教室上網路教育平台的補救課程，他們四個的學科基礎都有待加強。」

加幾分在臉書上發最新動態：

【打工換度假，澎湖虎井嶼，意者私訊。】

（虎井陳第一個按讚，留言：good job！）

沒有想到有那麼多背包客在馬公自助旅行，網路上「揪」一下，約定好的時間，十個年輕人就搭船到虎井嶼碼頭會合，他們都是有經過專長篩選過的哦！

阿伯公看到一下子從船艙走出那麼多年輕人，一邊綁纜繩一邊對著涼亭上的鄉親喊：「有外地人來喔！」

里長知道陳英傑要進行一個和虎井嶼有關的計畫，卻沒有想到真的在加速進行中。

以前，也有許多單位來考察、開會、提計畫，可是，一年又一年過去了，虎井嶼還是人口越來越少、景象越來越蕭條。

「英傑這次是真正在為我們虎井做大事，咱們要配合、多給這些年輕人幫忙。」里長在辦公室對著整座島嶼廣播。

廣播之後沒有多久，虎井嶼上的居民都往廟埕慢慢移動，有什麼計畫他們並不知道，只是看到島上有很多年輕人，就有一股莫名的好心情。

在里長的指揮下，有人搭起臨時灶腳要煮大鍋飯菜、有人撐起布棚要讓這些外地來的年輕人吃飯和休息，廟埕變得熱鬧了起來。

「怎麼都是老人呀！」吳家芬一臉驚訝。

「嗯，也有小孩呀！除了這兩個畢業生，小學部還有八個小孩、幼稚班一個，他們都還在上學，再一禮拜才放暑假。」許福財是畢業班的老師，所以提早空閒。

「整座島嶼就這幾個小孩，不到我代課那一班的一半。你的小孩呢？」吳家芬想到她來這裡幾天，還沒有看到許福財的家人。

「我還沒有結婚，島上要遇到結婚的對象不容易。」許福財靦腆的說。

「你們就在一起啦，啾咪！」不知道四個小蘿蔔頭當中的哪一個說的，引起一陣哈哈大笑。

「小屁孩……。」吳家芬追著孩子在廣場上跑著、玩著。

許福財帶著這群年輕人去活動中心放置行李，「沒有冷氣，可是晚上很涼快，連電風都不用吹。」

「要整理的房子就在碼頭邊，等一下帶你們去。」吳家芬好像指揮學生打掃，架式十足。

「我們也要打工換度假，也要在活動中心打地鋪睡覺，也要跟著在廟埕吃三餐。」孩子們跟在那一群年輕的背包客後面，很興奮也很勤快。

「那麼你們還要負責當小工和下工之後的旅遊導覽。」

吳家芬覺得林威辰親手整理自己的祖厝是很有意義的，看著這個不識愁滋味的小男孩，跟這間祖厝的緣分已經開始了。

「遵命，我們一定帶他們去看我們發現的那些虎井之美。」林威辰傻愣愣的說。

「還有補救課程要按照進度完成喔！」許福財也提出條件。

好熱的天氣，每個人都在阿嬤們的教導下學會「蒙面」，全部都成了「蒙面人」。

「蒙面人也是虎井之美。」陳宇善邊說邊拿起相機拍照。

除草、去雜物、刷油漆，壞掉的家具和門窗釘釘補補，床鋪和桌椅重新擺設。在吳家芬的指導下，他們像訓練有素的專業人士，很快完成交代的工作，快速中還有快樂，是重整家園的快樂。

大廳的牆上掛著一整排林威辰祖先的遺照，還有佛桌上的神像和神主牌，都被擦拭得乾乾淨淨，新世代不在乎鬼神，只在乎工作有沒有完成。

一邊工作還一邊拍照上傳，「等等，先讓威辰擲筊問問他的祖先，有沒有同意讓你們拍照。」吳家芬提醒大家，這是文史工作者的基本修為——尊重。

「有啦，有啦，有同意。」許福財看到林威辰一擲就是聖筊，笑著對吳家芬說：「林家的公嬤喜歡熱鬧，從以前就是這樣。」

「休息一下啦！來喝風茹茶。」阿嬤們熬了一大桶風茹茶再放入冰塊，擺放在布棚下奉茶，給大家解渴消暑。

「天然ㄟ尚好喔！」小童工們吆喝著。

「金瓜炒米粉、土豆甜湯、土雞蛋冬粉甜湯、炸絲瓜、炸地瓜、加寶瓜、火龍果……，肚子餓了自己取用。」隨時有人會提供點心給大家享用，都是「在地又天然的」。還有吳家芬提供的現煮咖啡，在廟埕的帳棚下，一群人圍著吳家芬要咖啡提神。

「老師，我媽媽問你們要不要喝越南咖啡。」念祖的媽媽來自越南，熱情又好客。「要、要、要……」每一個人都興奮的答：「要。」

「原來，到澎湖不是只有吃海鮮，還有那麼多好吃的在地料理。」吳家芬算是大開眼界。

「我們不是只有吃海鮮，而是我們的海鮮是現撈的，很鮮。」許福財笑著說。

「阿公說海鮮要吃多少抓多少，不要急著全部撈起來吃，這樣會滅絕的。」陳宇善想起阿公的這些話，是針對那些毒魚、炸魚，破壞海底生態的人說的。

「源源不絕，是島嶼生命的延續呀！」許福財想著自古以來島嶼讓許許多多的島民賴以為生，就是因為島民對自然物產的那份珍惜。

一個小島竟然能「生」出這麼多美食，而且還有越南咖啡的特別招待。背包客們一再讚嘆，不停的拍照、記錄，上傳臉書。

這一群背包客裡臥虎藏龍，好幾個網路文宣的高手。重整古厝、打工換度假的消息，包括過程和感言，很快在網路上引起討論，虎井的島嶼之美，也被許多人在網路上分享。

晚上，小孩和年輕人坐一排在堤防上，臉上敷著蘆薈汁、天上頂著星光，有人說，像是靠海的不丹國，悠緩療癒。

25 阿嬤土豆糖

「老師，我阿嬤做的土豆糖很好吃喔！她說有歡喜的事就要做一些土豆糖慶祝，我叫她做土豆糖給妳吃。」

陳宇善覺得吳家芬老師已經吃過許多在地的食物，唯獨阿嬤做的土豆糖還沒有被品嘗、讚美過。

「你覺得現在有很歡喜的事嗎？」

這一個以前躲在自己世界的石頭人，現在變得很陽光，眼睛散發出充滿希望的光芒，在虎井嶼發生的每一件事，對他來說都是很歡喜的事。

「我阿嬤也會做土豆糖，我叫她做給妳吃。」陳國基不甘示弱的說。

「我阿嬤也會做土豆糖，我也叫她做給妳吃。」李念祖也急著和大家爭寵。

「大家都會做土豆糖，你們怎麼不去賣土豆糖？」林威辰沒頭沒腦的一句話，給吳家芬帶來靈感。

這一個原本靠捕魚為生的島嶼，因為海域受到污染，魚貨量銳減，所以島嶼的經濟陷入困境，也沒有可以讓漁村婦女從事的副業。要改善島嶼居民的生活，土豆糖是可以考慮的行業。

「可是，要賣給誰？島上就這些老人，他們每個人都會做土豆糖。」許福財對於吳家芬提出的建議，產生質疑。

「就網路行銷，宅配到府呀！」

吳家芬經常網購，網路商店的經營模式對她來說不是難事。

「請阿嬤做一次土豆糖給老師看，從頭到尾喔！」吳家芬也順便教孩子們學習錄製影片拍微電影。

「要不要先介紹那一頭牛？土豆田都是牠耕的喔！」陳宇善天真的問。

「是我們島上唯一的一頭牛喔！」陳國基很自豪的回答。

「牛的朋友裡面沒有牛。」林威辰急著沒頭沒腦的說句話。

「很有畫面，讚！」吳家芬的腦海裡已經呈現一個動態的畫面：虎井唯一的一頭牛、輪流耕作村子的土豆田，還有四個男孩子戴著土豆莢耳環在剝土豆仁。接下來，是阿嬤在大灶前製作土豆糖、切塊、放涼，再配上文字敘述土豆糖代表濃濃人情味的傳統習俗。

整個關於土豆糖由無到有的影像和文字，都被真實呈現，還有，要用正港虎井嶼的腔調來配音：

「有歡喜的事情發生了，就用自己種的土豆，自己剝土豆仁，炒過之後用舂臼搗碎，再和上由麥芽和砂糖煉成的麥芽糖膏，趁熱用酒瓶壓滾過，壓成一張土豆糖厚紙，再切成一塊一塊的小方塊，冷卻就成了脆脆酥酥、香香甜甜的土豆糖。」

吳家芬看了那一部剪接完成的短片，自己都深受感動，她把影片傳給陳英傑，說明了自己想要藉著這部影片來帶動小島經濟的想法。

「這不只是一部美食影片，還是一個文化傳承的重要紀錄片。」陳英傑將影片寄給媒體，還寫成計畫，為這一項重振小島經濟的產業爭取補助。

「虎井阿嬤土豆糖」讓虎井嶼除了沉城的神祕面紗之外，也有了

甜蜜的鄉土畫面。

「要幸福喔！」幾個虎井阿嬤拿著土豆糖交給那四個要外出求學的小男孩，用濃濃的島嶼腔調一起喊著：「阿嬤的心意，大家要幸福喔！」

這也是吳家芬老師的心意，祝福那四個即將離開虎井嶼去外地讀國中的男孩子。

「因為我們是限定用虎井嶼的土豆製作，產量有限，所以要排隊等。」媒體一直在播放虎井嶼土豆糖的影片，詢問的電話響個不停。

已經放暑假了，虎井國小的小朋友沒有像往年一樣放假就往馬公或台灣本島跑，他們都加入這個賣土豆糖的行列，要幫忙包裝、寄貨、結帳。

這些離島的孩子，也開始接受網路教育平台課程的補救教學，他們的老師大多是代課老師，一放假就離開島嶼，開學又換新面孔，學習使用網路來拉近城鄉差距不失為一個好方法。

原本收成之後放在一旁乏人問津的虎井嶼土豆身價大漲，老人家做土豆糖忙得很有成就感；島上有幾位年輕婦人，是自越南嫁入的新移民，她們跟著婆婆們學做土豆糖，看到應接不暇的訂單，笑得闔不攏嘴。

「老師，我媽媽說有人到她的香腸攤問有沒有賣虎井阿嬤土豆糖，她說現在整個夜市我最紅。」林威辰很開心的跟吳家芬報告。

「很紅就不能再說髒話、不能再和人打架，要注意形象。」藉機會教育一下這個三太子。

「我保證……」又在說他的口頭禪了，不過，這一次聽起來很有誠意。

令他和陳宇善高興的還有一件事，就是要求加入他們臉書好友人數大增，以前拒絕他們加入的同學和群組，現在紛紛邀請，還貼上SORRY的貼圖。

不過，他們沒有時間處理這些芝麻綠豆大的小事，他們覺得現在每天都在做大事。

26 島嶼連世界

陳英傑要帶他指導的研究生到虎井嶼，他們都是資訊工程所的高材生，要進行一項由宇宙公益基金贊助的計畫——島嶼連世界。

炎熱的天氣，吳家芬和許福財帶著四個男孩子，在碼頭看著馬公開過來的交通輪逐漸靠岸，等陳教授和他的研究團隊。

林威辰看到媽媽在甲板上向他招手，頂著漁夫帽、戴著大墨鏡、大口罩，就和吳家芬老師剛搭船來的時候一樣。

「我的媽呀！我的媽來了，那個胖胖的就是我媽媽啦！阿伯公，

那個女的是我媽媽啦！我爸爸林明德的老婆。」林威辰一邊招手，一邊急著向在繫纜繩的阿伯公介紹，有點語無倫次。

「老師，妳等一下教我媽媽把臉包起來變成蒙面女郎喔！」林威辰轉身告訴蒙面之外還戴草帽、戴墨鏡的吳家芬。

「媽媽，他是阿伯公。」林威辰急著讓媽媽認識他已經認識的鄉親。

「是明德的老婆喔！我記得妳叫月嬌，你們結婚的時候我有去高雄吃喜酒，妳認得我嗎？」月嬌對阿伯公點點頭。

陳英傑教授說需要一個短期的工作人員，問她要不要來，可以搭飛機，還可以趁機會回虎井嶼一趟。她知道這是「萬能的」特地為她安排的。

「媽媽，我在這裡很乖，有在讀書喔。」

他們邊聊邊往大音宮的方向走去，宇善阿嬤已經在廟埕等他們了。

「明德ㄟ某月嬌ㄚ，先到廟裡點香敬告神明，妳是第一次回虎井嶼，要讓神明認識妳。」

「伊是宇善ㄟ阿嬤啦！」林威辰趕緊介紹。

廟埕一些原本在那裡閒聊的鄉親，紛紛走過來和月嬌聊天。讚美她時髦、嘴甜、福泰。

「我們先到工作室吧！」許福財了解在地人的熱情健談，再不離開會越聚越多人，你一句、我一句，沒完沒了。

「老師說這是我們的祖厝，我有幫忙整理喔，本來很髒很亂的。」林威辰領著媽媽進祖厝，踏入神明廳，媽媽拿出從高雄帶來的香燭和果餅，擺滿了供桌，先拜神明，再拜公嬤。然後，叫林威辰一起跪在祖先牌位前，「給祖先們磕頭。」話才說出口，眼眶就泛紅了。

許福財在一旁看了不禁鼻酸，幫他們點了幾柱香遞過去，其他的人就由吳家芬引導到兩旁的房間安頓。

陳英傑教授的團隊進駐林威辰家的祖厝，年輕人架設網路、組裝設備都自己動手，他們一工作起來就很帶勁。

這間老屋子開始有人居住、有人活動，聞得到咖啡香，燈是亮著的。

「阿善仔，以後你也要像那些年輕人一樣，回來虎井嶼工作，我們這間祖厝就留給你用。」

「好阿！我和威辰都回來，我們可以做很多事，阿嬤，妳看我們什麼都會做。」陳宇善他要約陳國基、李念祖一起回來，四個人可以一起在虎井嶼生活，吳家芬老師也能來更好。

「在外地的年輕人如果不能回來，我們能看看他們也好，不然，見到面都不認識了。」廟埕的阿嬤們在談論林威辰家的事，談到最後變成所有的「在外地的年輕人」。

「等一下你們就知道了！」里長對那些長者賣關子。

在廟旁的活動中心裡面，陳英傑教授和他的學生們正在拉網路線、在牆上鑲上一塊大平板。然後，陳英傑教授指揮測試，每一個研究生都拿著筆電，聚精會神的按著鍵盤。

「宇善，你先教阿嬤用看看。」

牽起阿嬤的手按下螢幕上那個十字形的石頭，那是虎井沉城的形狀，代表會說話的石頭。

阿嬤的手輕輕觸控畫面，螢幕上立刻出現宇善媽媽的照片、台北姑姑的照片，還有姑丈、表弟、表妹……。

「阿嬤，照片有在閃爍五彩燈光的就是有在線上，你看要跟誰講話，就按誰的照片。」

周圍聚集過來的人越來越多了，像是虎井嶼有第一部電視機時大家圍攏觀賞的情景。

阿嬤先按下宇善媽媽的照片，影像和聲音突然出現，她和其他圍觀的鄉親都嚇一跳。

「媽，妳好嗎？宇善有沒有乖？」是媳婦在螢幕上和她說話，圍觀的人都嘖嘖稱奇。

「很好、很好，我是問妳要不要回來虎井嶼？」一時之間阿嬤也不知道要說什麼。

「我現在在美國處理事情，等我回台灣再去虎井嶼看大家。」陳

宇善的媽媽像美女主播一樣，聲音很甜美，面帶微笑地對大家揮揮手。

「咱們虎井嶼的人都誇獎妳，說妳那麼忙還把阿善仔教得那麼好。再見啦！妳去忙，我要掛斷了。」

「再把那裡按一下。」陳宇善提醒阿嬤。阿嬤很緊張的輕輕碰一下「會說話的石頭」，視訊就結束了。

人在美國，這種電話打到美國去，還能看到人，一通要花多少錢啊！大家除了嘖嘖稱奇之外，竟擔心起現實的費用問題。

「這種是網路視訊，國內、國外都不用錢，而且很普遍，大部分的地方都在使用。」陳英傑教授對圍觀的人群說明。

「真的嗎？按你們美妙的看看。」有人想要看阿嬤和姑姑講話。

「阿嬤你自己試試看。」陳宇善像個小助教。

「媽，你有看到我嗎？」姑姑很興奮，第一句話就這樣問。

「有啦！有啦！真清楚，妳有沒有要吃土豆糖。」阿嬤一歡喜，又在問人家要不要吃土豆糖了。

「電視不是報導說都賣到沒貨。」姑姑俏皮的問，阿嬤很開心，「有啦！有啦！有給妳留幾包啦！」

「那妳拿給我看。」姑姑撒嬌的說。

「怎麼拿給妳看呀！」大家都在看阿嬤怎麼拿土豆糖給姑姑看。

「啊就很簡單，把土豆糖放在這個照相機的地方就對了。」林威辰也擠在人群中。

「你們都會喔！」阿伯公忍不住開口問。

「電腦課有教到啦！我們都會啦，簡單。」陳國基帶點臭屁的說。

「我有看到了，袋子上面有寫『虎井阿嬤土豆糖』。」

「媽，妳有沒有看到我剛剛煎好的魚。」螢幕上姑姑的臉不見了，換成一盤煎好的魚（又是一陣驚呼）。

「有啦！有啦！是我寄過去的龍尖魚啦。」阿嬤高興得合不攏嘴。

「我也可以和我兒子說話嗎？他在廈門開婚紗店。」

「我可以看看我曾孫子嗎？他在台北的醫院出生才三天。」

活動中心聚集的老人們，你一言，我一語的，大家都想看看離開島嶼、在外地生活的親人過得好不好。

「可以的，你們的願望很快都可以實現。」陳英傑站在螢幕前對大家宣布。

27 在地的聲音

林家祖厝裡面幾個年輕人正在召開檢討會。

「把工作移到這裡進行，就是要讓你們知道，我們的設計，要聽使用者的聲音，要到現場看他們的需求，不是在冷氣房裡，憑空想像。下午測試的是一般的社交軟體，你們覺得符合離島獨居老人的需求嗎？我們要把新設計的軟體定位在『親情網站』。」幾個研究生盯著筆電的螢幕思索著。

「讓這幾個孩子告訴你們吧！」陳英傑把許福財、吳家芬和四個小孩都找來一起開會。

「跟大哥哥們說，給離島獨居老人使用的軟體還要注意些什麼？」

「英文看不懂。」「帳密會不會被盜啊？」「加上導航貼布，隨時找得到老人行蹤。」「需要緊急求助的按鈕。」「設防火牆才不會被亂加好友。」

「維修問題。」「耳朵重聽。」「眼睛不好。」「生病可以視訊看病嗎？」「能夠知道健康狀態嗎？」「觸控也可以改成音控嗎？」……。孩子們盡情的發表意見，研究生們拚命的按鍵盤記錄。

「這就是孩子們觀察出來的，在虎井嶼的日子。」

果然是「萬能的」，他腦子裡在想什麼，沒有人知道，他想要做的一定做得到。許福財為這個好友感到驕傲。

「你們有任何問題也可以提出來。」陳英傑問這幾個都市來的大孩子。

「沒有冷氣，怎麼工作、睡覺？」

「晚上沒有便利商店我們怎麼吃消夜？」

「沒有交通工具，難道都要用走路的嗎？」

「在島嶼的日子要跟三種老師學習：孩子、老人、大自然。上面那幾個你們提出來的問題，自己去尋答案。不過，有發現問題才能解決問題，你們已經跨出一大步了。」

「我們發現了西山上有一處是傳說中二次大戰時珍珠港戰役時，日軍山本五十六大將策畫『虎虎虎計畫』的南進指揮所……。」

孩子們拉著大哥哥們往外跑，黃昏的夕陽很美，他們可以在西山的海邊看到太陽像個火球一樣，完全躲進海裡。

威辰媽媽很用心的用在地食材烹調，每個人都食慾大增，胃好像是無底洞，填也填不滿。都市來的孩子們長高、變壯碩、皮膚黝黑。「從肉雞變土雞了。」月嬌讚美的說。

「月嬌姨，妳灌的香腸真好吃，我們幫妳成立網路商店、推妳的『月嬌姨香腸』。」

「謝謝啦！希望我兒子也能像你們一樣讀很多書，以後賺錢比

較不會那麼辛苦。」

「我們輪流當他的家教，回高雄我們就排輪值表。」研究生們我一言、你一語，一邊吃飯一邊聊天。

「堅持島嶼、就能看到他們純真的一面。」陳英傑覺得把學生帶到島嶼，能啟發他們人生的另一種可能。

吳家芬、許福財和陳英傑，坐在林家祖厝的大埕——「星星露天咖啡屋」，觀星飲咖啡，享受遠離塵囂的恬淡。

28 星光照堤防

虎井嶼有了不一樣的氣息，堤防上的人也有了不一樣的氣息。

這一個在虎井嶼的夏天，改變了許多人的視野，還有努力的方向。島嶼的工作告一段落了，接著要回高雄的研究室，才有精密完善的設備繼續執行計畫。

明天就要回高雄了，這是他們相逢在虎井嶼的最後一晚。在離別的前一晚，坐在堤防上吹海風，已經成為一種告別島嶼的儀式。

僅有的微弱光芒竟然是天空的星星照下來的，「原來星星的光也

能夠變成大地黑夜裡的光。」陳宇善已經知道了。

「你們都曬得好黑喔！你們要再來喔！」小朋友們很崇拜那幾位研究生大哥哥。

「我們會再來的，天然ㄟ尚好。」學會了用大拇哥比手勢了。

海浪拍打堤防的聲音，澎湃清晰，帶來海洋的祝福。

「威辰，我們也要再來，把祖厝買回來。」月嬌覺得，明德已經變成天頂的一顆星，守護著虎井嶼的祖厝和他們母子。

「我有答應宇善阿嬤，以後要來虎井嶼工作，這裡有很多事情我都可以做。」坐在爸爸小時候常常坐的堤防上，島嶼讓林威辰看到希望，他要用「以後」來回報這座故鄉的島嶼。

「你是一位不一樣的老師，我們之間是很特別的緣分。」陳英傑很欣賞這位不是正式教師的吳家芬老師。

如果這兩個孩子沒有得到「美麗人生獎」，現在的很多事情都不會發生。

「我是因為沒有工作，才硬著頭皮去當老師的，感謝你讓我失業之後很快的又找到工作。」吳家芬看著眼前這一位「台灣的比爾・蓋茲」，內心充滿敬意與謝意。

如果她沒有遇到這兩個要「多注意」的學生，現在的很多事情都不會發生。

「硬著頭皮去當老師，竟然闖出這麼好的成績，『虎井沉城找知音』獲得公益遊戲軟體設計比賽金質獎，或許能出國比賽喔！」許福財對著堤防上的所有人宣布（堤防上傳出一陣陣歡呼聲，畫破寧靜，好像整座島嶼都被喜悅與歡呼聲籠罩住了）。

如果他沒有一直留在虎井嶼教書，現在的很多事情都不會發生。

浪潮聲靜止了，大海在聆聽堤防上的對話：

「孩子們，要離開虎井嶼了，你們準備好了嗎？記得要跟這裡的一切說一聲再見喔！」

「回到高雄，去了馬公，會有什麼樣的改變，誰也無法預料。」

「但是，我們會依照約定回到虎井嶼，不會失聯的。」

「虎井嶼是說好要再見面的地方。」

虎井陳在臉書上發最新動態：

【我們是星星，不在都市與燈光爭輝，靜靜的成為島嶼黑夜裡的光。照亮整座島嶼、整片海洋，還有每一個島民的夢境。】

九歌少兒書房 240

虎井嶼的星光

著者　賴瑩蓉
繪者　吳嘉鴻
責任編輯　鍾欣純
創辦人　蔡文甫
發行人　蔡澤玉
出版發行　九歌出版社有限公司
臺北市八德路3段12巷57弄40號
電話／25776564・傳真／25789205
郵政劃撥／0112295-1
九歌文學網　www.chiuko.com.tw
印刷　晨捷印製股份有限公司
法律顧問　龍躍天律師・蕭雄淋律師・董安丹律師
初版　2014年11月
初版2印　2018年7月
定價　**260元**

書號　0170235
ISBN　978-957-444-966-8
（缺頁、破損或裝訂錯誤，請寄回本公司更換）

國家圖書館出版品預行編目(CIP)資料

虎井嶼的星光 / 賴瑩蓉著 ; 吳嘉鴻圖. --
初版. -- 臺北市 : 九歌, 民103.11
面 ;　公分. -- (九歌少兒書房 ; 240)
ISBN 978-957-444-966-8(平裝)

859.6　　103019236